재봉틀과 금붕어

MISHIN TO KINGYO by Nagai Mimi

재봉틀과 금붕어

ミシンと金魚

나가이 미미 지음

이정민 옮김

자공업소

저 의사 선생님은 외국에서 울었던 여자구먼.

　하고 알려줬다.

　병원이라는 곳은 영 좋아지지가 않는다. 사방이 병든 사람 천지라 어찌나 께름칙한지 속이 다 메슥거린다. 전염되는 균이 득실득실하다. 저기 저 콜록대는 아이와 노인 좀 봐라.

　마스크를 쓰고 있으면 뭐 하나, 아이는 마스크를 이리 썼다 저리 썼다 손을 마스크에서 떼지를 못하고, 노인은 언제 빨았는지 모를 꼬질꼬질한 마스크를 쓰고 있는데, 진짜 언제 빨았는지는 몰라도 하도 빨아서 낡고 쪼그맣고 줄어든 마스크를 콧구멍이 다 보이게 쓰고 있네. 저렇게 쪼그매서는 마스크를 쓴 의미가 없지. 마스크의 의미. 얘, 밋짱. 저렇게 깊게 기침을 하는 감기는 감기 중에서도 악질에 속하는 녀석이야. 침방울이 여기까지 튀는 데다 균이 갈고리처럼 거는 부분에 딸려 있어서 사람들 목에 들러붙고는 오래오래 눌러앉아 있거든.

아니, 여봐요들, 기침을 하려거든 마스크부터 똑바로 쓰고 손으로 가린 다음에 해야지.

하고 일러줬다. 두 사람이 동시에 눈을 부라리며 나를 노려본다.

나 원 참, 기가 막혀서. 친절이 오히려 해가 되었네. 기껏 생각해서 말해줬더니 사람 민망하게 말이야. 세상이 어쩌다 이렇게 되었는지, 원. 옛날에는 목욕탕에 가면 터줏대감처럼 탕을 차지하고 앉아 있는 할머니가, 가랑이 사이 빡빡 씻고 나서 들어와! 하고 호통을 치잖아. 그럼 얌전히 그 말에 따랐는데. 속으로는 망할 할망구라며 침을 퉤 뱉어도 시키는 대로 가랑이 사이를 빡빡 씻었어. 그러다 보면 자연히 순서가 몸에 배었어. 공공장소 예절이 몸에 밴 것이지. 그런데 이제는 옛날이야기를 해봤자 씨알도 안 먹힐 테지. 귓등으로도 안 듣는 세상이 되어버렸나 보다.

마스크를 똑바로 쓰든 말든 신경 끄고, 심심해서 여기저기 널려 있는 주간지 중에서 적당한 것을 골라 표지에 적힌 문구를 읽어봤다. 코로나 대유행으로 뮤지컬 관객 격감, 이란다. 뮤지컬. 뮤지컬이 뭐지? 어떤 거길래? 관객, 이라고 되어 있는 걸로 봐서는 서커스 비슷한 거 같은데. 아니면 유랑극단의 공연을 말하는 건가? 그것도 아니면 희한한 구경거리가 있는 천막집 같은 거겠네.

환상 속의 괴어, 나타나다!

얘, 밋짱. 내가 어렸을 때 그 천막집에서 본 괴어는, 눈도 없고 입도 없는데 몸에는 비늘 대신 털이 숭숭 나 있었지 뭐냐. 입구에서 그놈의 먹이라면서 잎사귀를 주는데 그걸로 그놈 몸을 쿡쿡 찌르면 삐 하고 피리 부는 소리가 났지. 나중에 오라버니한테 듣기로는, 그저 소 창자를 뒤집어서 안에 물을 채워 묶어서 만든 녀석이라던데, 쿡쿡 찌르면 모공에서 물이 삐 하고 튀어나오는 거라더라.

겨우 그렇게 만든 걸로 받아먹는 돈이 오십 전*이나 되다니, 에이 도둑놈들 같으니라고. 뮤지컬이란 게 그런 건가? 괴어를 보여준다고 꾀어놓고 엉뚱한 걸로 속이는 그런 거 말이야. 아, 그런데 미라가 된 인어도 있었는데, 그건 진짜였어. 손가락 사이에 물갈퀴가 나 있는 걸 보고 놀라 자빠질 뻔했다니까. 그건 틀림없이 진짜야. 그리고 머리가 두 개인 염소를 박제한 것도 있었지. 몸통은 하나인데 머리가 두 개인 쌍둥이 염소. 그것도 가까이서 봤는데 이어 붙인 흔적이 없는 걸로 봐서는 영락없이 진짜야. 그리고 또, 옳지, 불알 소녀. 그게 진짜인지 가짜인지 따지고 들면 나도 헷갈려. 불알이라고 하니까 그런가 보다 싶었는데, 어쩌면 태어나기를 공알이 어마어마하게 크게 태어났을 뿐, 그게 진짜 불알인지 공알인지는 분간이 안 갔단 말이지. 그런데 가랑이를 활짝 벌리고 그걸 제 손으로 묶었다니까. 그게 불알이든 공알이든 간에 묶을 수 있을 만큼 기다랗다는 데에는 차이가 없다는 거지. 하긴, 그래, 오십 전의 값어치가 있었냐고 물으면, 있었을지도 모르겠어.

* 일본의 옛날 화폐 단위. 오십 전은 일 엔의 절반에 해당한다.

큰 성황을 이룬 덕분에 입구에서 설명하던 사람도 어깨에 힘이 딱 들어가서는 내 얼굴에 침방울이 튀도록 신나게 떠들어댔지. 그나저나 불알 소녀 본인은 아유, 얼굴이 어찌나 곱던지. 그 고운 얼굴을 하고 불알이든 공알이든 간에 그런 걸 가지고 태어나다니 괜히 더 불쌍해서, 색시로 데려갈 사람도 없겠네, 하고 중얼거렸더니 글쎄 오라버니가, 뭔 소리야, 저 여자 진작 결혼해서 애가 셋인데, 라고 말하길래 놀라 자빠지는 줄 알았다니까. 오라버니가 잘 들어, 너한테만 말해주는 건데, 저 여자가 워낙 독특하니까 여기 사장도 다 알고서 쓰는 거야, 라더구먼. 더 이상 소녀도 아닌데 이름만 그렇게 내걸고, 아가씨들이 입는 기모노를 입는 것도 반은 속임수였구나 싶었는데, 그걸 알았는데도 변함없이 안타까운 마음이 들었지. 지금 돈을 내서라도 한 번 더 보고 싶은 건 그거 하나인 것 같구먼. 불알 소녀 말이야.

이제 조용히 있도록 해요.

밋짱이 말했다.

화장기 없는 얼굴에 체격이 좋은 밋짱의 목소리는 굵고

탁하다.

밋짱의 옆얼굴을 슬쩍 엿보았다. 다듬지 않은 짙은 눈썹. 얼핏 봤을 때 누에나방의 더듬이처럼 생긴 그 눈썹은 따로 손질하지 않았는데도 윤기가 흐른다.

아, 그렇지. 이건 팔괘로 점을 치는 역술인이 가르쳐줬는데. 그래, 맞아도 팔괘 틀려도 팔괘의 그 팔괘. 아, 이건 비밀인데 그 역술인이 실은 가짜였지 뭐냐. 그런데도 아주 용하다고 소문이 자자했지. 오라버니 말로는 역술인이 되기 전에는 술집 여자였대. 재미 삼아 술자리에서 손님들이나 함께 물장사하는 여자들의 지나온 세월과 앞날에 대해 점을 봐주었더니 기가 막히게 잘 맞힌다고 소문이 난 거야. 술도, 여자도 제쳐놓고 오로지 점을 볼 목적으로 오는 손님들이 많아지니까 이왕 이렇게 된 거 돈이나 벌자 싶었던 거지. 그런데 관상쟁이는 사람들이 별로 고마이 여기지 않으니까 본격적으로 도구를 갖춰서 역술인이 된 거야. 어떻게 구했는지 점 치는 탁자며 괘를 나타내는 네모난 대나무 막대까지 갖추어놓고, 경건한 손놀림으로 점통을 잘가닥잘가닥 흔들더라니까. 그런데 그 가짜 역술인이 말하기를 굳이 팔괘를 읽지 못해도 딱 보면 알 수 있다는구먼. 여자는 화장을 어떤 식으로 했는지 보면 알 수 있고, 남자는 화장을 안 하고 맨얼굴로 오니까 이런저런 사정을 직접적으로 알 수 있다는 거지. 여자는 자꾸 화장으로 꾸미고 감추려고 하는데, 그런 화장법으로 알 수가 있대. 특히 눈썹을 보면. 눈썹을 두웅글게 그리는 여자는 행복하거나 그럭저럭 행복한 부류이고, 일자로 쭉 뻗게 그리는 여자는 불행하긴 해도 살아내는 중이라는 표시고, 저런 식으로 각을 딱 지게 그리는 여자는 이런저런 사연이 있다는 거야. 저 여자 의사처럼. 그런데 밋짱. 외국이라고 해서 만주나 대만이 아니고, 거길 뭐라고 하더라, 옳거니, 메리켄[*], 서양의 메리켄에서 연애 문제 때문에 거의 미치기 직전까지 몸을 뒤틀며 울었던 여자구먼.

제발요, 가케이 씨. 조용히 기다리도록 하죠.

하고 부탁한다. 화장기 없고 눈썹이 방치된 밋짱은 꾸미거나 감출 것이 티끌도 없는 만큼 곁을 비집고 들어갈 틈

---

[*] 메이지시대인 19세기 후반에 미국 제품을 뜻하는 '아메리칸'을 '메리켄'으로 잘못 들어서 생긴 명칭으로 추측되며 현대에는 잘 쓰이지 않는다.

이 없어 보였다.

밋짱, 화났나.

미안합니다.

우선 사과부터 했다. 안색을 살피고 우선 사과부터 해두었다.

가케이 씨, 이제 금방이에요. 이제 금방 검사 결과가 나올 거예요.

예. 밋짱이 말한 '이제 금방'은 언제일까.

이제 금방, 이 언제입니까? 아직 멀었어요? 하고 묻고 싶지만 그만두었다.

눈앞에 있는 아이와 노인은 아직도 콜록댄다. 저렇게 기침을 깊게 하는데 마스크는 들떠 있고 입을 손으로 가릴 기미가 요만큼도 없다. 아이는 《탈것》이라는 책을 읽고 노인은 《젊음》이라는 책을 읽고 있다. 여기서 아이와 노인을 구경하고 있자니 멍청하고 굼떠 보이는 표정이 닮았다. 그래서인지는 몰라도 이따금 노인과 아이를 한데 묶어서 아기 말투로 말을 거는 사람이 있다. 늙은이 소리를 듣기 직전의, 자기 나이보다 젊어 보이게 꾸미는 여자들이 유독 그런 경우가 많다. 아이와 노인은 보통의 어른들이 할 수 있는 일을 잘 못 한다는 공통점이 있다. 또 어떻게 보면 그래도 노인이 아이보다 조금은 낫다고 생각한다. 그런데 노인은 귀엽지 않다는 점과, 언제 몸에 이상이 생길지 모른다는 두려움 때문에 골칫거리 취급을 받지만, 젊었을 때는 뭐, 나도 그렇고 누구나 다 자기만은 늙은이가 되지 않을 거라 다짐하며 늙은이를 골칫거리 취급했으니 어쩔 수 없지. 하지만 모르는 사이에 조금씩 늙어서 정신을 차려보면 더는 꾸미고 감출 수 없을 만큼 늙은이가 되어 있다. 젊어서 늙은이를 골칫거리 취급했을 테니 인과응보일지도 모른다. 그리고 아니나 다를까, 결국 골칫거리 취급을 받는다. 자기가 한 짓을 그대로 돌려받는 것이다. 그렇다고 골칫거리 취급을 받을 때 대놓고 화를 내면 지는 거다. 그런 건 영감이나 하는 짓이지 할머니가 해서는 안 된다. 영감들은 대체로 성미가 고약하다. 특히 왕년에 교장이니 원장이니 사장이니 부장 자리에 앉았던 놈들은 은퇴한 뒤에도 한결같이 거만하게 굴기 마련이라, 다들 불쌍해서 어울려주는 것일 뿐 속으로는 아이고, 하고 어이없어한다. 영감들은 그것도 모르고 조금이라도 늙은 이 취급을 당하면 발칵 성질을 부린다.

아아. 영감으로 태어나지 않아서 얼마나 다행인지 몰라.

아, 그런데 영감 중에도 가끔은 좋은 사람이 있다. 요네야마 영감처럼. 요네야마 영감은 어부였다. 쌀농사꾼도 아닌데 이름이 요네야마(米山)입니다. 늘 바다에서 살았지만 요네야마입니다. 항상 진지한 얼굴로 그렇게 자기소개를 한다. 그러면 다들 폭소를 터뜨린다. 요네야마 영감은 영어 전문가가 아니니까 스스로도 잘 모르고 하는 것이겠지만, 이따금 재미있는 놀이를 하거나 흥이 오르면 느닷없이 영어로 말하곤 한다. 한때 미군을 상대로 구두닦이를 했다더니 그때 버릇이 튀어나왔나 보다.

요네야마 씨는 참 순수하신 것 같아요.

주간보호센터 '아스나로'의 밋짱들이 수군수군한다.

'아스나로'의 밋짱들은 깃이 달린 연어빛 핑크색 유니폼을 입고 있고, 지금 옆에 있는 '호호에미'의 밋짱들은 우리 집에 와주는데, 깃이 달린 연두색 유니폼을 입고 있다. 노인을 돌보는 일을 하는 사람들은 대체로 색깔이 있는 유니폼을 입는다. 그 유니폼은 신축성이 좋은 옷감으로 만들어져 활동하기가 편하고, 똥이나 오줌이 조금 묻어도 흰 가운만큼 눈에 띄지 않으며 흰 가운을 입은 사람보다 지위가 낮다는 것을 한눈에 보여주기 때문이다.

그렇게 생각한다.

아무튼 늙었다고 해서 다른 영감들처럼 거만하게 굴면 지는 것이고, 재미있는 말을 하거나 재미있는 일을 하면 이기는 것이다.

예를 들면 이런 거다. 건강히 잘 지내셨어요?라는 질문을 받는다. 생각해보면 이상한 질문이다. 왜냐하면 늙으면 어딘가 고장이 나거나 아프게 마련이니 건강할 리가 없는데도 젊은 사람은 그걸 모른다. 그래서 묻는 것이다. 건강히 잘 지내셨어요? 하고. 그렇다니까. 그때 판이 갈린다. 그런데 대부분의 노인은 언제가 승부처인지를 모른다. 다소 몸이 좋지 않더라도 대체로 이기고 싶어 한다. 그래서 대답한다.

네, 덕분에.

하고. 아이고. 그럼 안 돼. 자신을 돋보이게 하려다, 젊어 보이게 하려다 망치는 거다. 모처럼 생긴 찬스를 빤히 보고도 날려버린다. 아, 맞다, 전에 기르던 찬스라는 개는 잡종이었는데 똑똑했지. 참으로 똑똑한 개였어. 어라, 무슨 이야기를 하고 있었더라? 아, 그렇지, 건강히 잘 지내셨어요? 하는 질문을 받았을 때의 대답은 뭐, 이렇다 할 정답이 없다. 인생처럼. 인생에 정답이 있으면 노인은 고생하지 않는다. 다들 이런저런 후회도 하지 않는다. 대부분의 노인은 모두 후회를 한다. 맞선을 봐서 결혼한 사람은 한 번이라도 좋으니 연애를 해보고 싶었다고 말하고. 드물게 연애결혼을 한 사람은 부모의 반대를 무릅쓴 대가로 거의 다 아직도 돈 때문에 고생을 한다. 그리고 이제 와서 아아, 부모님이 정해준 혼처로 할 것을 그랬어, 하고 말한다. 할머니들 열 명 중 여덟아홉은 남편이 오래전에 떠난 까닭에 결혼 생활도 진작 끝나서 한참 전에 결론이 다 났는데도 아직도 말한다. 어리석게도. 똑같은 말을 수없이 되뇐다.

그것이 인생이다.

어라, 원래 무슨 이야기를 했더라? 무슨 이야기였지?

에이, 됐어. 아무려면 어때.

야스다 씨. 야스다 가케이 씨.

예. 이름을 부르는 소리에 의자에서 일어서려고 했지만 몸이 꿈쩍도 안 해서, 아아, 안되네, 하고 뒤늦게 깨달았다. 마음만은 일어설 수 있었던 시절에 머물러 있기 때문이다. 벌떡 일어섰을 무렵의, 물론 그때도 노인이긴 했지만 지금보다는 팔팔했던 시절의. 물론 그때도 흰머리이긴 했지만 파마 로드를 말 수 있을 만큼 머리카락이 있었던 시절의. 실제로는 한 번도 말아본 적이 없지만. 그나저나 나쁜 꾀를 먹지 않았어도 예전 생각을 하고 움직이면 실패한다. 이런 식으로. 아휴, 한심하긴.

고개를 숙였다. 옆에 밋짱이 있으니까 일부러 과장되게 고개를 푹 숙였다.

곧바로 밋짱이 손을 내밀어주며 자, 인사하세요, 하고 말하기에 예, 안녕하세요, 하고 말하며 허리를 굽혀 인사를 하자 자연스럽게 일어설 수가 있었다. 오늘의 밋짱은 키가 크고 체격이 좋으며 얼굴에 화장기가 없는 성실하고 완고한 성격의 밋짱이다. 전에도 여러 번 온 적이 있는 손이 차가운 밋짱이다. 역시 오늘도 손이 차갑다. 손은 차가워도 든든하게 잡아주기 때문에 안심하고 걸음을 뗐다.

하이고.

부끄러워라. 솔직히 기저귀를 차고 안짱다리로 다른 사람의 손이 이끄는 대로 어기적어기적 아기처럼 걸을 때까지 오래 살 줄은 정말 몰랐다. 조금만 더 지나면 아예 걷지도 못하고 기어가게 되는 걸까.

왠지 사람들이 다 나를 쳐다보는 기분이 드는데.

진찰실 문이 바로 코앞인데도 한없이 멀기만 하다.

드디어 도착해서 둥그런 의자에 앉았다. 환자는 불안정한 둥근 의자에, 여자 의사는 팔걸이가 달린 안정감 있는 훌륭한 의자에 앉아 있고 밋짱과 간호사는 딱하게도 내내 서 있어야 한다.

지난번에는 단백질이 소량 섞여 있었는데 이번 채뇨 검사에서는 없군요. 혈당치와 콜레스테롤 수치는 지난번과 거의 같습니다.

기계의 화면을 보면서 여자 의사는 당사자인 나를 무시

하고 밋짱에게 말했다.

혹시 모르니 약을 처방해드리죠.

그건 무슨 약입니까?

묻는 것은 순간의 수치. 그래서 물어봤다. 선생님, 약이
너무 많으면 그만큼 배가 불룩해집니다. 안 그래도 밥을
별로 못 먹는데. 억지로 먹어서 빵빵해진 배에 약을 더 먹
다니. 괴롭겠어요 안 괴롭겠어요. 그런데 또 밥을 지금보
다 더 줄이면 다리에 힘이 안 들어가는데. 선생님, 내 다
리가 이렇게 휘어버린 건 역시 일을 너무 많이 해서 그런
걸까? 평생 재봉틀 페달을 밟았거든. 쪼그만 아기를 업고
다르르다르르 다르륵다르륵 하고 하루 종일 재봉틀을 돌
려서 슬립을 만들었지. 레이스를 잔뜩 달아서 말이야. 그
리고 브래지어랑 팬티도. 전부 실크 원단으로 세트로 만
들었어. 사장님이 나더러 솜씨가 깔끔하다고 칭찬하면서
일거리를 계속 가져다줬지. 그래. 미군 부인용 속옷 삼종
세트. 스카이블루면 스카이블루, 세피아브라운이면 세피
아브라운, 파이어레드면 파이어레드, 나이트블랙이면 나
이트블랙. 사이즈별로 삼종 세트를 만들어서 상자에 담아

놓았어. 그나저나 외국 사람은 가슴이 왜 그렇게 큰가 몰라. 한참 재봉틀을 돌리다 슬쩍 보면 길고양이가 패드 속에서 낮잠을 자고 있다니까, 못 말려 진짜. 얼마나 포근하면 그랬을꼬. 그런가 하면 이번에는 또 그거야. 점심 먹을 때 되면 먹거리 행상이 와서 현관에서 수다를 늘어놓고 갔거든. 지고 온 고리짝을 죄다 내려놓고. 왜 그랬을까. 나를 우습게 봤던 거겠지. 차 내오라고 해서 차를 내갔더니, 파는 떡인 오하기*를 저 혼자만 먹고는, 나머지는 두고 갈게, 라고 하길래 당연히 그냥 주는 줄 알았더니 돈을 받더라니까. 차를 대접한 것도 모자라 먹다 만 오하기 떡까지 억지로 샀어. 별로 좋아하지도 않는 오하기 떡을. 그래서 남들한테 우습게 보이면 안 된다고 절실히 생각은 하는데, 내 키가 이렇잖아. 지금도 초등학생 손주 옷을 물려 입는다오. 그러니까, 선생님. ……의사 선생님.

여자 의사는 들리지 않는 척하며 기계를 달각달각 만지고 있다.

* 찹쌀에 멥쌀을 섞어 쪄서 가볍게 친 다음 둥글게 빚어 팥 앙금이나 콩고물을 묻힌 떡.

이봐요, 의사 양반, 하는 말이 목구멍으로 올라오려 한다. 그건 귀가 먼 늙은이만의 비밀 무기인데, 자네 같은 사람이 쓰면 쓰나. 늙은이가 하니까 애교가 있고 재미있는 거지. 자기한테 유리할 때만 들리고 불리할 때는 안 들리는 척을 하는, 그거 말이야.

그렇지만. 방금 그건 단순한 무시였다. 당한 사람은 어찌나 서글픈지 노여움을 넘어서 비참함마저 느낀다. 다름 아닌 의사에게 무시를 당하면 이미 사람으로서 살아 있든 죽었든 아무래도 좋다, 개나 고양이나 마찬가지다, 하는 선고와 같기 때문이다.

뭐, 오라버니처럼 학교 다녔을 때부터 선생님을 때리고 학교를 그만둔 뒤 야쿠자 행세를 하고 파친코 가게를 운영하다 필로폰중독으로 파친코 가게를 말아먹은 사람은, 그러니까 이것저것 다 해본 사람은 남들이 속으로는 무시해도 그 이상으로 두려워하기 때문에 대놓고는 무시당하지 않는다. 주간보호센터에서도 오라버니를 아는 사람은 많다. 센터에 있는 사람이 대부분 이 지역 사람이기 때문이다. 오라버니가 죽은 지 오래되었지만 마을 사람들은 거의 다 오라버니를 알고 있고 여전히 두려워한다. 역 앞에 파친코 가게를 두 점포 갖고 있던 가네코라 하면 모르는 사람이 없었다. 자랑은 아니지만 오라버니는 유명인이었다.

아, 그렇지, 오라버니의 여자였던 사람도 주간보호센터에 다닌다. 히로세 할머니. 히로세 할머니는 허벅지에는 변재천 문신이 있고 등 전체에는 연꽃 문신이 새겨져 있다. 그리고 그 나이에도 얼굴에 하얗게 분을 칠하고 눈썹은 각이 딱 지게 그리고 시뻘건 입술연지까지 바르며 화장하는 것을 보면 무슨 업이 쌓였길래 저렇게까지 해야 하나 싶다. 목욕을 해도 화장이 지워지지 않도록 얼굴은 씻지 않는다. 그런데 땀이 줄줄 흘러내려 화장이 지워지는 탓에 목욕탕에서 나오자마자 얼굴에 덕지덕지 분을 덧대며 화장을 고친다. 그 모습이 왜 그렇게 재미있던지 구경하고 있으면 도깨비처럼 눈을 부릅뜨고 노려본다. 히로세 할머니는 옛날부터 나를 탐탁지 않게 여겼으니까. 어디가 싫은지 콕 집어서 말하기는 어렵고 그냥 마음에 안 드는 거겠지. 히로세 할머니의 업은 뭘까, 음란한 죄일까.

그러고 있는 걸 옆에서 보고 있으면 처량하기가 이루 말할 수 없다.

그나저나. 무슨 이야기를 하고 있었더라?

그 약은 무슨 약인가요?

밋짱이 물었다.

여자 의사가 어이없다는 얼굴로 의자를 돌려 이쪽을 향했다.

늘리는 약이 무슨 약인지 환자분이 궁금해하시는 것 같아서요.

아아, 그래요? 탄산 리튬이에요.

……탄산 리튬……. 왜 항조제(抗躁劑)가 필요한 건가요? 2년 전에도 탄산 리튬 성분이 든 리마스라는 약을 한 번 처방받은 적이 있죠. 그때 가케이 씨는 하루 종일 졸려하는 증상이 있었고 심지어 어느 날 침대와 벽 틈새에 끼어서 꼼짝 못하는 바람에 아주 큰일이 났었어요. 가족분에게 말씀 못 들으셨나요?

……그런 내용은…… 적혀 있지 않네요.

그런가요? 그때 리마스 복용을 중단했더니 다시 괜찮아

지셨거든요. 그 후로 지금껏 리마스가 처방되지 않았다는 건 어떤 이유가 있어서였다고 생각하는 게 타당하죠. 그런데 왜 또 같은 탄산 리튬을 처방하시는 건가요?

그야, 환자가 어떻다는 게 아니라 주변 사람들이 힘들 테니까요. 지금처럼 흥분 상태로 쉴 새 없이 재잘거리면 힘들잖아요.

누가…… 말인가요?

가족이.

가족분은 일주일에 한 번 가케이 씨 댁에 오셔서 두 시간쯤 머무는 게 다예요.

그럼 당신들이 힘들겠네요. 대기실 소리가 여기까지 들렸거든요. 일단 흥분 상태를 가라앉혀야 하지 않겠어요?

여자 의사의 말투는 선심이라도 베푸는 식인 데다 틀에 박힌 형식적인 말투라 영감들처럼 거만하게 들렸다.

우리에게는 일이니까, 힘들지 않습니다. 항조제는 필요 없습니다.

밋짱의 표정이 점점 탱크를 닮아간다.

알겠습니다. 그럼 늘 처방하던 대로 해드리죠. 그런데

약에 관한 일은 저희 쪽에서 가족에게 연락해둬야겠군요. 제시한 약을 요양 보호사가 필요 없다고 했다는 것도 전달하도록 하죠. 자, 이제 다 됐습니다.

누가 봐도 우리를 깔보는 태도였다. 이제 그만 나가라고 퉁명스럽게 말하고 있다.

영차. 일어서려고 했지만 몸이 꿈쩍도 안 해서, 아아, 안 되네, 하고 뒤늦게 깨달았다. 그런데 밋짱이 내 어깨에 손을 얹었다.

선생님, 외국에서 지낸 적 있으세요?

밋짱이 뜬금없이 그렇게 물었다.

그래서 우셨던 적이.

경악한 여자 의사가 밋짱을 노려본다.

오오오오오.

이 밋짱은 제법이다.

가케이 씨가 리마스를 복용하셨을 때 혼자 화장실에 가시려다 균형을 잃고 침대와 벽 틈새로 떨어지는 바람에 열 몇 시간이나 방치된 적이 있어요. 그날은 원래 가족분이 아침부터 가케이 씨 댁에 방문해서 돌보는 날이었는데, 방금 와보니 큰일 났다, 혼자 힘으로는 안 되니 사람을 보내달라, 하고 회사에 연락한 것이 밤 여덟 시 넘어서였죠.

호출을 받고 급히 가봤더니 가케이 씨가 침대와 벽 틈새에 몸이 꼭 끼인 상태로 살려줘, 살려줘 하고 잔뜩 쉰 목소리로 외치고 계셨습니다.

가족분과 소장님과 저, 이렇게 셋이 달라붙어 겨우 구해냈는데 가케이 씨는 온몸이 무른 변으로 범벅이 되어 있었어요. 약 설명서를 읽어보니 주의 사항에 '설사'가 적혀 있더군요.

…….

선생님. 머리카락에 변이 묻으면 아무리 감기고 씻겨도 변 냄새가 며칠씩 계속 남아요.

…….

선생님. 가케이 씨가 선생님의 어머니라면 그래도 선생님은 같은 약을 처방하실 건가요?

밋짱이 목소리를 착 깔고 물었다. 그 낮은 목소리에 공명하듯 약품 진열장의 얇은 유리가 지르르 울었다.

......

긴장감이 넘친다.

손에 땀이 밴다.

여자 의사가 뭔가 말하려고 한 순간, 밋짱이 내게, 인사하듯이 배꼽을 보고 일어서세요, 하고 말하기에 나는 예, 안녕하세요, 하고 말하며 벌떡 일어섰다.

밋짱이 그럼 이만 가보겠습니다, 하고 말하고 내가 실례했습니다, 하고 말한 뒤 성큼성큼은 무리지만 열심히 발밤발밤 걸었다.

조금 걷다가 뒤돌아봤다.

여자 의사는 입을 다문 채 각진 두 눈썹 사이에 깊은 주름을 잡고 어딘가 먼 곳을 노려보고 있었다.

돌아가는 길에는 휠체어를 탔다.

도중에 밋짱이 자동판매기에서 시원한 주스를 사주며, 이건 비밀이에요, 하고 말한 뒤 그늘진 곳으로 데려가주어 마스크를 벗고 꿀꺽꿀꺽 마셨다.

맛있어요, 고맙습니다.

감사 인사를 했다. 밋짱은 슬픈 얼굴로 살짝 미소를 지었다.

가케이 씨.

예.

다음에 개호보험*을 갱신할 때 개호등급이 올라갈 가능성이 적어졌어요.

예.

어쩌면 개호등급이 내려갈지도 몰라요.

예.

그렇게 되면 가케이 씨 댁의 방문 횟수를 줄이거나 주간보호센터의 이용 횟수를 줄여야 할지도 몰라요.

예. 아, 그런데 주간보호센터의 횟수를 줄이는 건 큰일인데.

그런가요? 가케이 씨가 주간보호센터를 좋아하시는 줄 몰랐어요.

밋짱이 깜짝 놀란다.

---

* 스스로 일상생활을 유지할 수 없는 사람을 위한 일본의 간병보험으로 우리나라의 노인장기요양보험과 비슷하다.

얘, 밋짱. 이건 비밀인데, 내가 좋아하는 건 주간보호센
터가 아니라, 그러니까 내가 좋아하는 건······.

사실대로 말할지 말지 솔직히 망설여진다.

가케이 씨.

예.

나는 마음의 준비를 했다.

저기, 말이에요. 생뚱맞은 질문을 드리려고 하는데요.

예.

마침내. 올 것이 왔다. 결정적인 뭔가가.

가케이 씨.

예.

가케이 씨는 이제껏 살아온 날들을 돌아봤을 때 행복한
인생이었다고 생각하세요?

뭐, 뭐이?

가케이 씨의 인생은 행복했나요?

별안간. 인생이 끝난 사람에게 하는 듯한 질문을 받았
다. 과거에 관해 생각하게 된다. 다름 아닌 나 자신의 과
거. 오라버니의 과거나 히로세 할머니의 인생에 관해서라

면 적당히 대답할 수 있다. 두 사람의 삶은 파란만장했으니 행복하지는 않았겠지만 분명 후회는 없을 거라고. 그렇게 무책임하게 술술 말할 수 있다. 그런데 나 자신의 인생에 관해 행복했느냐고 물으면 생각해본 적이 없으니까 솔직히 말해 모르겠다.

밋짱의 얼굴을 가만히 본다. 밋짱은 몹시 진지했다.

하는 수 없다. 내가 지나온 세월을 있는 그대로 말해줘야지.

어디 보자. 우리 아버지는 상자 직공이었지. 상자 직공이 뭐냐면 두꺼운 종이 위에 형지를 올려놓고 줄을 긋고 오려낸 다음 조립을 해서 거기에 고운 전통 종이나 헝겊을 붙여서 선물용 상자를 만드는 사람인데, 상자에는 만주*도 넣고 설탕 공예로 만든 도미 모양 화과자도 넣어서 축하용 선물로 썼어. 그런데 상자 직공은 직공 중에서도 가장 하급 취급을 받았거든. 번화가에서 비계공이나 미장이를 만난 날이면 어김없이 무시를 당했지. 밖에서 당한 만큼 집에서는 으스대면서 어머니를 두들겨 팼다는구

* 반죽에 팥 앙금을 넣고 찐 화과자.

면. 애꿎은 어머니한테 화풀이로 주먹을 휘두른 거지. 그 탓에 어머니는 고막까지 터졌는데, 그때 안쪽으로 튄 피가 눈 뒤쪽에 고이는 바람에 눈이 반 이상 안 보이게 되었다지. 그런데도 어머니는 아무 소리 안 하고 병원에도 안 가고 참기만 했는데, 할머니가 보기에 며느리가 이상하다 싶은 거야. 그래서 의사한테 데려갔더니 이미 귀도 눈도 너무 늦었던 거야. 메이지시대 여자는 원래 참을성이 많은가. 할머니도 참을성이 많긴 했지만. 어머니도 참을성이 많았어. 참고 또 참고 고생고생해서 나를 낳고는 바로 돌아가셨지. 그래서 얼굴도 혼례 사진으로밖에 본 적이 없다니까. 어머니가 돌아가신 직후에 계모가 들어왔지. 계모는 원래 팔병위였어. 팔병위는 매춘부를 말하는 건데, 옛날에 나리타산의 사찰에 참배하러 갈 때 한 번에 걸어가면 힘드니까 그 근처에 여관을 잡아서 쉴 거 아냐. 그런 손님을 상대하는 매춘부를 팔병위라고 하거든. 가는 길에 할까, 오는 길에 할까, 라는 말도 유명하지. 매춘부가 손님을 끌어들일 때 하자, 하자, 하고 사투리로 '시베에, 시베에'라고 말했는데, 이걸 합해서 팔병위*라고 이름 붙인 거야. 누가 생각했는지 아주 기똥차게 지은 걸 보면 일자무식은 아닐 거야. 그렇지? 아버지는 그런 데서 여자를 샀던 거야. 계모는 원래 그런 여자야. 계모는 오라버니랑 나를 눈엣가시로 여기고 별것도 아닌 일 갖고 장작으로 두들겨 팼지. 하루도 빠짐없이. 하도 많이 맞았더니 악 소리도 안 나올 만큼 아프더구먼. 아침에 눈을 뜨면 가장 먼저 아아, 오늘도 또 두들겨 맞겠구나 하는 생각이 들잖아. 그래서 밤에 잠자기 전에, 내일은 제발 눈뜨지 않게 해주세요, 하고 빌고 또 빌고 잤다니까. 그런데 바로 아침이라 아아, 지겨워, 오늘도 또 두들겨 맞겠구나, 하고 생각하면 또 영락없이 두들겨 맞았지. 매일매일. 급기야는 가케이는 머리가 모자라서 키우기 싫다면서 오라버니한테 네 동생 네가 키우라며 떠맡기고, 아버지가 집에 없는 틈을 타서 어떤 젊은 놈이랑 외출하곤 했어. 오라버니는 오라버니대로 나를 다이짱한테 떠넘기고 노는 데만 정

* '시베에'의 발음이 숫자 4의 '시'와 병위(兵衛)의 '베에'와 똑같아서 4+4=8이므로 '팔병위'라는 이름이 붙었다.

신이 팔렸고, 다이짱은 이름이 다이(大)짱일 정도로 우리 집에 처음 왔을 때부터 덩치가 산 만한 아주 큰 개였거든. 기슈견인지 아키타견인지 늑대인지 그런 혈통을 물려받았다고 했는데, 정말인지는 모르지 뭐. 어느 날 다이짱이 어느 놈 씨인지 모를 새끼를 다섯 마리 낳았는데, 오라버니가 마침 잘됐다며 다이짱이 젖 먹이느라 정신없는 틈을 타서 새끼 강아지를 치워놓고 거기에 나를 던져 넣었다는 거야. 그래서 나는 다이짱의 젖을 먹고 자랐어. 철이 들고 나서도 한동안은 다이짱의 젖을 빨았지. 그냥 기억이 나. 밋짱, 이건 비밀이니까 아무한테도 말하면 안 돼. 내가 다이짱을 뭐라고 불렀는지 알아? 엄마. 나는 다이짱을 엄마라고 불렀어. 나를 낳아준 엄마도, 계모도 아닌데 내가 왜 그랬는지, 다이짱을 엄마라고 불렀다니까. 계모는 내가 아주 어렸을 때부터 나를 집안일로 부려 먹고 초등학교에도 보내주지 않았어. 그런데도 나는 혼자서 신문만은 읽을 수 있도록 했지. 왜냐하면 신문 읽는 모습을 보면 그렇게 근사할 수가 없었거든. 아주 폼이 제대로 나잖아. 그래서 계모의 눈을 피해 헌 신문 위에 열심히 글씨 쓰는 연습을 해서…….

가케이 씨.

예.

저는 지금 이혼 조정 중이에요. 남편은 폐품 회수나 쓰레기 집 청소, 고독사하거나 자살한 사람의 유품 정리를 하는 회사를 운영하는데 상당히 잘되고 있어요. 거기다 정식 매출 외에도 유족이 모르는 장롱 입금이며 귀금속을 착복해서 장부에 기재되지 않는 이익도 있죠. 그런데 집 대출금 말고는 생활비를 한 푼도 주지 않는 거예요. 어쩔 수 없이 제가 이렇게 일해서 생활비를 전부 충당하고 있죠. 그런데 이제는 너무 지쳤어요. 그래서 이혼하자고 했더니 저 혼자 나가래요, 애들도 놔두고. 남편은 애들한테 정도 없어요. 오히려 방해된다고 생각하죠. 저나 애들이나 솔직히 남편 입장에서는 방해만 될 뿐이에요. 남편은 원래 결혼에 적합하지 않은 사람이거든요. 구두쇠는 대부분 결혼에 적합하지 않다고 생각해요. 그런데 구두쇠도 나름 사회적 체면이라는 게 있고 또 공짜로 섹스하고 싶다는 이유로 결혼을 해버리는 거죠. 당연히 피임에도 인색해서 임신이 되었고 낙태 비용도 아깝다고 해서 아들과 딸을 낳게 되었어요. 애들한테는 못 할 짓을 했죠. 변변한 장난감 하나 못 사주고 가족 여행은 꿈도 못 꿨어요. 지금은 양육비 문제로 다투고 있어요. 그 사람은 양육비를 내기 싫다, 그러니까 애들을 두고 가라고 주장해요. 그 사람은 애들 식비며 옷값, 의료비며 학원비가 얼마나 드는지도 몰라요. 그냥 단순 계산만 해봐도 제가 청구한 양육비가 얼마나 양심적인지 금방 알 수 있을 텐데, 나가는 돈 계산은 하기 싫다고 잠꼬대 같은 소리만 하죠. 차라리 양육비 같은 거 필요 없다고 말할 수 있으면 좋겠지만, 월세 내고 남은 돈으로 생활할 수 있을지 불안해요. 지금은 조정 중이지만 조정은 매번 결렬로 끝나고요. 이 상태라면 재판까지 가게 될 게 뻔해요. 그렇게 되면 변호사를 고용할 돈도 없는 저는 애들을 빼앗기겠죠.

밋짱은 거기까지 단숨에 말하고 입을 다물었다.

다이짱을 생각한다. 난처할 때는 다이짱 생각을 한다. 다이짱의 냄새를 떠올린다. 털을 헤치면 보이는 맨살의 냄새. 몽개몽개 올라오던 그 냄새. 이왕 떠올린 김에 찬스 생각도 해본다. 다이짱은 다정하고 똘똘한 개였다. 찬스는 겐이치로가 주워온 개로, 우리 집에 언제부터 언제까지 있었는지 모르고 영락없는 잡종이었지만 똘똘했다. 다이짱과 찬스 둘 다 기다려, 하고 말하면 눈앞에 아주 좋아하는 사료나 뼈다귀가 있어도 먹어, 하고 허락할 때까지 끝까지 기다렸다. 한참이 지나도 끝까지 기다렸다.

　찬스를, 기다려.

　하고 말해봤다. 밋짱의 인생에 관해 무슨 말인가 해주고 싶기도 하고 멋있는 말을 하려다 그 말이 튀어나왔다.

　그럭저럭 모양새는 갖췄다고, 그렇게 생각한다.

　밋짱이 눈을 휘둥그렇게 뜨고 나를 쳐다봤다. 그러고는 내 손을 잡고 울었다.

　밋짱은 에비강 가에서 울었던 여자다.

　밋짱의 손은 변함없이 차갑지만 보드랍다.

　서로의 손을 맞잡고 뭉클한 감동을 느끼고 있는데, 이웃에 사는 그 뭐냐, 거시기, 이름을 잊어버렸는데, 아무튼 잘 아는 그 사람이 저쪽에서 다가왔다.

　어머나, 야스다 할머니, 건강은 좀 어떠셔?

하고 말을 걸어왔다. 모처럼 분위기가 좋았는데 깨졌다.

반은 죽었어.

나는 퉁명스럽게 대답했다. 이름은 몰라도 잘 아는 그 사람이 일부러 미소를 띠며 말했다. 건강해 보여 다행이야. 다음에 무조림 만들면 가지고 갈게. 할머니, 좋아했잖아. 무조림, 그치? 괜히 밋짱을 의식해서 마음에도 없는 소리를 하고는 물러갔다.

거지반 죽었어.

다음에 만났을 때 또 건강은 좀 어떠셔? 하고 물으면 이렇게 대답해줘야지, 하고 생각했다. 다만 다음에 만났을 때는 이미 잊어버렸을 테지만. 그래도 밋짱만큼은 이 말을 기억해뒀으면 좋겠다 싶어 살짝 가르쳐줬다.

깔깔 웃는다.

체격이 좋고, 성실하고 완고한 성격의 밋짱의 웃음소리는 처음 들었는데, 여름 하늘에 시원하게 뻗어나가는 좋은 목소리였다.

아침이, 온다.

오늘도 아침이 돌아왔다.

고마운 것 같기도 하고, 아닌 것 같기도 하다.

손을 본다.

뒤집어서 손등을 본다.

유일하게 나를 예뻐해준 이웃집 할머니는 죽을 때 손바닥을 거울인 양 연신 들여다봤다.

할머니, 뭐가 보여?

꽃이 보인단다. 꽃이 아주 한가득 보이는구나.

무슨 꽃?

왜 있잖니, 그, 무슨 꽃이었더라. 하얀데, 꽃잎 밑동은 빨간 거. 그 꽃 이름이 뭐더라? 가케이, 너한테도 보여주마. 자.

…….

내게 펼쳐 보인 할머니의 손바닥은 젊은 시절 그대로 살집이 볼록볼록 올라와 있는 손이었다. 할머니의 손을 보고 다들 똥 움켜쥔 손금이라고 했는데, 똥은 '운'으로 발음하기도 하니까 운을 움켜쥐는 손금이라고 하여 간곡한 청을 받고 시집을 왔다고 한다. 그런데 웬걸, 평소에는 남자들 틈에 끼어 힘쓰는 일을 하고 설날이면 시가의 일을 거드느라 일 년 내내 아침부터 밤까지 일했건만, 고생만 직사하게 하고 가난에서 벗어나지 못한 채 죽음을 앞두고 자리에 누웠다.

가케이. 여자는 말이다, 반드시 직업을 가질 수 있게 기술을 익혀야 한단다, 안 그러면 손해야.

하고 할머니는 말했다. 나만 보면 항상 그렇게 말했다.

아아, 그나저나 기술을 익히지 못한 이런 손에도 고운 꽃이 피는구나.

그렇게만 말하고 큰 소리로 코를 골더니 할머니는 그날 밤에 죽었다.

할머니가 봤다던 꽃은 내 눈에는 끝내 하나도 보이지 않았다.

오늘.

내 손은 손바닥도 손등도 그냥 쭈글쭈글하기만 하다. 아, 아직 살아 있구면, 오늘 하루 아직 살아 있어. 고마운 것 같기도 하고, 아닌 것 같기도 한 실감이 난다. 할머니 말대로 기술을 익힌 덕분에 재봉틀을 돌려서 브래지어 가장자리의 아슬아슬한 부분에 레이스를 달 수 있게 되었다. 고급스러운 얇은 원단에 박음질하는 방법도 직접 생각해냈다. 원단이 울지 않도록 밑실과 윗실 모두 느슨하게 조절해서 천천히, 천천히 원단이 씹히지 않도록 박음질했더니 사장님이 크게 칭찬하며 내가 만든 것을 견본품으로 뽑았고, 그걸 모두 각자 자리에서 돌려보기에 이르렀다. 나한테 "선생님, 선생님." 하고 알랑거리며 내가 생각해낸 방법을 훔치려고 접근하는 사람도 있었지만, 나는 그 누구에게도 인색하게 굴지 않고 성심성의껏 가르쳐줬다. 내가 알려준 방법으로 돈을 많이 모은 사람도 있지만, 누구 하나 선물용 과자라도 들고 인사하러 온 사람은 없었다. 입으로는 "선생님, 선생님." 하면서도 속으로는 다들 나를 우습게 봤다. 후줄근한 몰골로 쪼그만 아기를 업고 재봉틀 페달을 밟은 결과 사장님에게 크게 칭찬을 받았어도 정작 돈은 다른 사람들보다 훨씬 적게 받았다. 이 사실은 나를 불쌍히 여기고 빼내준 새로운 사장님이 나중에 알려줘서 알게 됐다.

그렇게 정신없이 일하는 와중에 누가 나한테 돈을 얼마

나 모았는지 물어도 통장은 오라버니 아니면 미노루가 갖고 있었기 때문에 나는 돈이 얼마 있는지 알지 못했다. 그 통장이 돌고 돌아서 지금 어디에 있는지도 모른다. 시험 삼아 온 집 안을 들쑤시며 찾아봤지만 오 엔짜리나 십 엔짜리 동전이 한두 개 나왔을 뿐 전혀 수확이 없어 말도 못하게 속상했다.

아아. 그런데 아무리 쓸데없는 생각도 생각만 해서는 해결이 나지 않는다. 무엇 하나 앞으로 나아가지 못한다. 알고는 있지만 생각하기 시작하면 이런저런 생각이 줄줄이 딸려 나와서 정신을 차리고 보면 한두 시간은 훌쩍 지나가 있다. 환장할 노릇이다.

아, 그렇지. 오늘이 사는 날이라면 눈을 뜨자마자 바빠진다. 우선 오줌을 누러 변소에 가야 한다. 그런 다음 신문을 가지러 가야 한다. 전에 눈이 떠졌는데도 늑장을 부리느라 신문을 가지러 가지 않았더니, 어느 밋짱인지는 몰라도 우리 집에 온 밋짱이, 여벌 열쇠로 현관문을 열 때 가케이 씨가 쓰러져 있을까 봐 가슴이 조마조마했어요, 하고 말했기에 마음이 쓰이니까 현관문을 열고 신문을 가지러 가야 한다. 무엇보다 신문의 날짜를 보지 않으면 오늘이 몇 년 몇 월 며칠인지 도무지 알 수 없다.

약간 쌀쌀하니까 겨울인가. 그런데 냉방기에서 바람이 나오니까 여름일지도 모른다.

영차. 아아, 틀렸다. 오늘은 몸 상태가 좋지 않아 침대 난간을 짚어도 몸이 일으켜지지가 않는다. 밋짱이 오기를 기다릴까. 아니, 안 되지. 그럼 밋짱이 열쇠로 열고 들어와야 하니까 괜히 속을 태워야 하고, 그럼 측은하니까 뭉그적대고 있을 때가 아니다. 일단 이불을 젖힌다. 젖힌 이불을 발로 차서 밑으로 떨어뜨린다. 몸을 굴려서 엉덩이를 최대한 침대 가장자리로 옮긴 뒤 옆으로 돌아눕고 난간을 손바닥이 위를 향하도록 붙잡는다. 팔꿈치에 힘을 준다. 배꼽과 팔꿈치에 힘을 주고 버티면서 난간을 잡아당긴다는 느낌으로 힘을 빡 주면 등이 뜬다.

지금이다.

이영차. 소리를 내지르자 상체가 일으켜졌다.

좋아. 이번에는, 일어선다.

예, 안녕하세요.

하고 말하며 인사를 하자 일어서졌다. 좋아. 이번에는 걷는다.

어기영차.

재봉틀, 찬장, 장지문 문틀, 복도 손잡이, 변소 문고리, 변소 입구 손잡이, 창가 손잡이. 차례대로 짚고 다니다 마지막에 왼손으로 바꾸어 쥐고 방향을 바꾼 뒤 두 다리로 단단히 버티고 선다. 오른손으로 바지와 내복 바지를 한꺼번에 쥐고 한쪽을 조금 내린다. 왼쪽을 내린다. 오른쪽을 내리고 다시 왼쪽을 내리는 식으로 똑같은 동작을 반복해서 무릎까지 내린 다음, 이번에는 같은 요령으로 기저귀를 내린다. 계속 내리다 보면 드디어 엉덩이가 다 드러난다. 그때 알게 된다.

땀투성이가 된 것을 보면 더운 것이다. 그러니까 지금은, 여름이다.

자, 이제 앉는다. 영차.

앉는 순간 거의 바로 오줌이 흘러나왔다. 위험했다.

아아.

변소 창문으로 보이는 하늘에는 뭉게구름이 뭉게뭉게

피어 있고, 아기 참새가 짹짹 울고, 오줌은 쫄쫄, 쫄쫄 가늘게 나와서 한참이 지나도 멎지 않는다.

오늘은 8월 23일이었다.

신문에 적힌 날짜와 달력을 맞춰 보며 확인한다.

8월 23일. 일요일. 가족 돌봄.

달력에 그렇게 적혀 있다. 다시 한번 확인해도 역시 마찬가지다. 오늘은 일요일이니까 밋짱이 우리 집에 오는 날도, 내가 주간보호센터에 가는 날도 아니다. 밋짱들의 날은 마음이 놓인다. '호호에미'의 밋짱들도, '아스나로'의 밋짱들도 대부분 친절하다. 더러 심술궂은 사람도 있긴 하지만 그런 사람은 대체로 작별 인사도 없이 금방 사라진다.

아아. 그런데 오늘은 아니다. 싫은데. 하고 생각하며 차를 홀짝인다. 엊저녁에 밋짱이 끓여준 하룻밤을 넘긴 차는 색이 오줌처럼 변해서 맛이 없었다.

며느리가, 온다.

며느리는 요란뻑적지근한 로맨스핑크색 마스크를 쓰고, '슈퍼 야마이치'와 '도부 스토어'의 비닐봉지, 성인용 기저귀인 '아텐토', 그리고 침대에 까는 '대형견용 펫시트'를 품에 안고, 안녕하세요나 실례하겠습니다도 없이 멋대로 성큼성큼 들어왔다.

할매, 살아 있어? 하고 말한다. 느닷없이 내뱉는 첫마디가 그렇다.

반은 죽었어.

말을 마치기도 전에 머리를 얻어맞았다. 그 따위 억지 부릴 기운이 있으면 자기 일은 알아서 좀 하란 말이야. 아, 그나저나 마그밋 먹었어? 어제? 어제 저녁에 요양 보호사가 마그밋 변비약 먹여줬어?

모르겠습니다.

아, 진짜. 지금 먹어도 내가 있는 동안에는 안 나오니까 그냥 관장해야겠다. 얼른 화장실 가자. 방금 변소 다녀왔는데요. 똥은 안 나왔을 거 아냐. 배가 띵띵하네. 저번처럼 배 아파서 뒹굴다 구급차 타고 병원에 갔는데, 의사가 변비가 심한 거니까 이 정도로 구급차 부르지 말라고 앓는소리하는 거, 또 듣기 싫거든? 자, 어서 가야지. 아니면 내일 오는 방문 간호사한테 긁어달라고 할 거야? 엉덩이에 손가락 집어넣고 긁어내달라고 할 거냐고. 그러긴 싫잖아. 그치? 어서 가자. 나는 길고양이처럼 뒷덜미를 잡힌 채 변소까지 질질 끌려갔다.

자, 서봐. 며느리가 바지 고무줄을 잡아끌어 나를 억지로 세운다. 이어서 바지를 내리고 기저귀 옆면을 쭉 찢어서 벗긴다. 아, 오늘은 기저귀 안 젖었네. 예, 아까 직접 기저귀를 갈았거든요.

아아, 기저귀 한 장 버렸네.

말했잖아. 이미 변소 다녀왔다고.

마음속으로 대꾸한다. 며느리는 뭐든 잘되면 자기 덕이고 안 되면 전부 내 탓이다.

내가 왜 이 짓까지 해야 해? 기가 막혀서 정말. 며느리는 연신 투덜대며 일회용 고무장갑을 두 겹씩 끼고 관장할 준비를 했다.

자, 뒤돌아서 이쪽으로 엉덩이 내밀어.

하는 수 없이 엉덩이를 내밀었다.

아.

그때.

발밑에 뭔가가 데굴 떨어졌다. 보니 그것은 공이었다.

발부리로 찬다. 며느리가 머리를 때렸다.

맨발로 똥을 차는 인간이 어디 있냐, 정신 나갔어?

아. 하나 더 떨어졌다. 얻어맞기 싫어서 이번에는 차지 않았다.

아이씨, 똥을 왜 변기 밖에다 누냐고.

그야 모르니까. 그렇게 변명을 한다. 언제 나올지 모르니까.

똥멍청이 할망구가 똥이나 밟고, 이건 뭐 진짜 웃기지도 않네.

딱 알맞게 동그란 똥을 며느리가 화장지로 집어서 변기에 버린 뒤, 젖은 수건으로 바닥을 싹싹 문질러 닦고는 그 수건으로 내 발을 싹싹 문질러 닦고 엉덩이를 닦고 마지막에는 고무장갑을 낀 손으로 엉덩이를 때렸다.

쳇.

며느리가 큰소리로 혀를 찼다. 혀를 차고 싶은 것은 나도 마찬가지였다.

아으으으, 냄새. 구린내가 진동을 하네, 진짜.

사방팔방으로 분무기를 칙칙 뿌려댄다.

변기와 바닥에 칙칙 뿌린 김에 내 손에도 뿌렸다.

가까이 다가온 며느리의 얼굴을 찬찬히 살펴봤다.

며느리는 원래 나이가 가늠이 되지 않을 만큼 젊게 치장했다. 얼굴은 마스크로 가려서 윗부분만 보이는데 바로 코앞에서 보니 눈가에 잔주름이 쪼글쪼글 잡혀 있어 그럭저럭 지긋한 나이라는 것을 알 수 있었다.

저기 말이다. 조심스레 물어본다.

겐이치로는 오늘 안 오냐?

뭐어?

잔뜩 찌푸린 얼굴의 며느리는 한결 나이 들어 보였다.

할매, 잘 들어.

보란 듯이 일부러 한숨을 푹 내쉰다.

겐이치로는, 할매 외아들은 2년 전에 죽었잖아.

뭐, 뭐가 어째?

그러니까 할매 외아들이자 내 남편인 겐이치로는, 2년 전에, 죽었다고.

왜?

왜냐니……. 그것까지 잊어버렸으면 뭐, 할매도 갈 데까지 갔네.

……그랬구먼. 겐이치로가 죽었구먼. 어쩐지 요 근래 안 보인다 했더니.

겐이치로는 오냐오냐 키워서 저밖에 모르고 의지는 약한데 지기를 싫어하며 허세까지 있었다. 대학에 가고 싶다고 해서 여기저기 뛰어다니며 입학금을 마련해줬더니 채 두 달도 못 가서 그만뒀다. 빚을 졌으면서도 차를 사느니 선박 면허를 따느니 뜬구름 잡는 소리만 하고, 일도 며칠 다니다 말고 또 며칠 다니다 말고를 반복했다.

그래도 겐이치로는 사랑스러웠다. 처진 눈꼬리와 웃으면 생기는 보조개와 덧니가 귀엽다는 것을 스스로도 알고 있어서 어딜 가든 항상 웃는 얼굴이었다. 그 뭐냐 거시기, 잘생긴 데다 웃긴 역할로 유명한 유하라 마사유키인가 뭔가 하는 그 연예인과 닮았는데, 말도 못하게 귀여웠다. 그래서 여자한테 인기가 많았던 것 같다. 우쭐해져서 폼 잡으며 겉담배를 피우면 유난히 인기가 많았다.

하지만 여자도 좋은 여자와 나쁜 여자가 있다. 좋은 여자, 나쁜 여자 할 것 없이 온갖 여자가 꼬이는 바람에 본인도 헷갈려서 결국 이런 여자를 아내로 삼았다.

아아, 그나저나 왜 죽었을까. 겐이치로는 대체 몇 살이었을까.

자살이었어.

…….

차 안에서 화로에 불 피우고 연탄 자살. 파친코에서 빚져서 자살한 거야.

…….

예순에. 딱 환갑 나이에.

……아아. ……그런가. 인과는 정말 돌고 돈다. 파친코……라. 결국 오라버니나 남편의 핏줄을 이어받았구먼. 오라버니나 남편처럼 파친코에 미친 핏줄이었어.

역연(逆緣)˚은 가슴속 깊이 사무친다.

그런데 할매. 밥 먹었어?

안 먹었습니다.

˚ 원래라면 기쁜 인연이 되어야 할 관계가 오히려 불행과 고통의 원인이 되는 경우. 여기서는 자식을 앞세운 연을 뜻한다.

그럼 먹어. 장어 사왔으니까.

하아, 하고 생각한다. 싫은데, 하고. 며느리가 이렇게 알랑거리는 목소리로 말할 때는 틀림없이 무슨 꿍꿍이가 있는 것이다. 그리고, 나는 장어가 싫다. 내가 쪼그맸을 때, 오라버니가 노름에서 이겼다나 뭐라나 하면서 장어를 사왔는데 그때 가시가 목에 걸려서 아주 혼쭐이 났기 때문이다. 밥알을 씹지도 않고 억지로 삼키기를 여러 번, 그런데도 가시가 빠지지 않아 결국 히고이비인후과에 가서 혓바닥에 붕대를 둘둘 감고 힘껏 잡아당긴 상태에서 큼직한 족집게로 가시를 뽑았다.

장어는 싫습니다. 알아. 말이 끝나기가 무섭게 며느리가 말했다. 그래도 장어가 원기 회복에 좋잖아. 이거 먹고 흑마늘도 먹고 건강하게 오래오래 살아줘야지, 할매.

안 먹으면 안 돼요? 안 돼. 왜요?

왜냐하면. 며느리는 고개를 들고 땅이 꺼져라 한숨을 쉬었다.

미노루 아주버니, 기억나? 미노루. 미노루 아주버니. 할매 남편이 데려온 자식.

······예.

미노루는 남편의 전처 자식이다. 나와 겨우 여덟 살 차이 나는. 겨우 여덟 살 차이라서 나를 우습게 보고 결코 엄마라고 부르지 않았다.

남편은 전처가 미노루를 두고 도망가자 자포자기에 빠져 오라버니의 파친코 가게에 드나들었다. 오라버니의 가게는 처음에는 악덕 업소였다. 오라버니와 슬롯머신 기술자와 점원 모두가 한통속이 되어 손님을 속였다. 점원이 손님에게 저 기계가 잘 터져요, 하고 귀띔해 실컷 따게 해준 뒤 막판에는 느닷없이 돈을 몽땅 잃게 하는 것이다. 오라버니는 그런 파렴치한 수법으로 떼돈을 벌었다. 남편처럼 온순한 사람이야말로 최고의 호구였고, 남편은 오라버니의 계획대로 빈털터리가 되었다. 식은 죽 먹기보다 쉬웠다고 오라버니는 말했다. 남편은 몸에 걸치고 있는 것을 죄다 빼앗겼는데도 빚을 다 갚지 못해 담보로 어쩔 수 없이 나를 떠맡아야 했다.

역담보. 빼앗기는 것이 아닌 떠맡게 되는 담보.

관공서에서 근무하는 고지식하고 온순한 사람이었기 때

문에. 오라버니가 나를 강제로 떠맡긴 것이다.

남편은 원래 말수가 적고 온순했다. 무슨 생각을 하는지 알 수 없을 만큼 온순했다. 아무런 생각도 없는 게 아닐까 싶을 만큼 온순했다. 나를 떠맡게 되었을 때도 두말 않고 순순히 받아들였다.

밤일도.

오라버니가 와서 "내 동생, 많이 예뻐해줘라." 하고 일러두고 가면 그날 밤은 오라버니의 지시를 고분고분히 따랐다.

밤일은 남편의 어깨 너머로 괘종시계를 보고 있으면 대체로 5분 만에 전부 끝났다.

단 5분간의 관계에도 아이는 생긴다.

그렇게 겐이치로가 태어났다.

그리고 겐이치로가 태어난 직후에 남편은 훌쩍 집을 나갔다.

그러고는 두 번 다시 돌아오지 않았다.

남편이 다니던 관공서에 갔더니 상사가 나와서, 목도 가누지 못하는 아기를 포대기로 싸서 업고 있는 나를 머리

꼭대기부터 짚신 끝까지 쭉 훑어보고는,

그렇게 예쁘고 야무진 부인한테 버림받더니 야스다 씨도 수준이 많이 떨어졌군.

아예 내리막길로 굴러 떨어졌어!

하고 큰소리로 말하고 금니를 드러내며 웃는 바람에 창구에 있던 동료들과 볼일을 보러 온 손님들까지 덩달아 웃음을 터뜨렸다.

아무튼. 남편은 집을 나갔다.

미노루와 나와 겐이치로, 이렇게 셋만 남기고.

남편이 증발하고 난 뒤 깨달은 것이 있다.

남편은 아무 생각도 하지 않는 것처럼 보였어도 분명히 뭔가를 생각했다.

예를 들면.

그토록 예쁘고 야무진 전처에 관해서라든가.

그때 그렇게 했으면 좋았을 것을, 이라든가. 그때 그렇게만 하지 않았어도 도망가지 않았을지도 모르는데, 라든가. 이미 늦었어, 라든가. 아직 늦지 않았을지도 몰라, 라든가.

분명히 그런 생각을 했을 것이다.

곰곰이 되새기고 곱씹었을 것이다.

나처럼.

그런 것을 남편이 사라지고 난 뒤 절실히 깨달았다.

이미 늦었다.

그때 나도 그렇게 생각했다.

그래서 남편을 일찌감치 포기했다.

그렇지만.

어쩌면 그때는 아직 늦지 않았을지도 모른다.

남편이 갈 만한 곳을, 헌책방이나 명화 상영관, 식사가 제공되는 찻집 같은 곳을 찾아봤다면 의외로 남편의 마음을 되돌릴 수 있었을지도 모른다.

남편을 찾아내 민망하지 않게 눈을 마주치지 않으면서 은근한 말 한마디를 슬쩍 건넸다면 어땠을까.

부엌 전구가, 나갔더라.

하고. 그 정도의. 소용없었을지도 모르지만 대놓고 돌아오라는 말 대신 그런 은근한 말 한마디를.

하지만.

그때는 나도 뭘 몰랐기 때문에 설사 남편을 찾아냈다 해도 그런 말은 아예 하지도 못했을 것이다.

그래서.

곧바로 포기하고, 어쩔 수 없으니까 재봉틀을 돌렸다.

하루도 빠짐없이 재봉틀 페달을 밟았다.

하아, 적어도 미노루는, 미노루만은 남편이 데려갔으면 했다. 나는 미노루가 어려웠다. 찬장 서랍 깊숙한 곳에 있던 전처의 사진 속 얼굴을 꼭 닮아서 하얀 피부에 얼굴이 갸름한 미노루는 내가 하는 일마다 참견하고 끊임없이 구시렁댔다. 나에게 엄마 소리 한 번 하지 않고 가케이라며 이름을 불렀어도 꾹 참았다. 미노루는 일하러 가지도 않고, 그렇다고 어린 겐이치로를 돌보는 것도 아니고 대충 아무데나 누워 코를 골았다. 그래서 더 부아가 치밀고 속이 뒤집혀 재봉틀 페달을 밟았다.

그랬더니. 이렇게 다리가 휘어서 똑바로 걷지 못하게 됐다. 손해를 봤다.

이웃집 할머니 말을 듣고 직업을 갖기 위해 열심히 기술을 익혔는데 되레 밑졌다.

저기, 할매.

하고 눈앞에 있는 나이 지긋한 며느리가 말했다.

　미노루 아주버니 말이야, 사우나에서 쓰러졌다더니 실은 소프*에서 쓰러진 거였더라. 나잇살 처먹고 소프라니. 왜, 있잖아, 하나무라극장 뒤쪽에. 싸구려 소프. 하나무라극장에서 스트립쇼 보고 나서 가는 곳. 연금 생활자도 그럭저럭 갈 수 있는 싸구려 소프. 하하. 워낙 싸니까 접대부 교체는 안 되는 곳인데. 그래봤자 다 할망구들이지만. 아무튼 그런 데서 한참 용쓰던 와중에 심장이 멎었대. 그래도 구급차가 와서 부랴부랴 심장마사지를 했더니 되살아났다나. 그래서 병원에 실려 갔고. 형님네 식구가 도착한 시점에 의사가 심장이 20분 이상 멎었기 때문에 심각한 뇌 손상을 입어서 사회 복귀는 어렵다고 했다는데, 그런데 형님하고 다미코가, 다미코, 누군지 알아? 형님 여동생 다미코, 아무튼 그것들이 의사한테 사정사정해서 이것저것 하고 있대. 료타더러 병문안 가서 정찰하라고 시켰거든. 그저께. 료타가 누군지 알아? 겐이치로하고 내 아

* 소프랜드. 일본의 퇴폐 목욕 업소.

들. 할매 손자.

예. 료타는 초등학생일 터인데 어린이가 정찰한 것치고는 잘 조사했구나 싶어 감탄했다.

그나저나 료타가 지금 몇 학년이냐?

뭐어? 몇 학년이냐니, 료타는 벌써 서른이야. 서른 살. 딱 서른이라고.

그래요? 벌써 그렇게 컸습니까.

그래. 할매가 모르는 사이에 쑥쑥 자랐거든. 지금은 맥날에서 점장으로 일해. 초스피드 출세라니까. 진짜 대단하지.

나는 소프가 뭔지, 맥날이 뭔지 도통 알 수가 없었다. 그래도 묻지 않았다. 그렇지 않아도 흥분해서 시끄러운데 더 흥분시켜봤자 괜히 더 시끄러워지기만 할 뿐이다.

그나저나 형님이랑 다미코, 그것들 진짜 사악하더라. 형님이 의사한테 "남편이 식물인간 상태일지언정 계속 살아있었으면 좋겠어요."라나 뭐라나 하면서 둘이 쌍으로 눈물 짜내고 협박 같은 애걸복걸을 해서, 아주버니 입에 호흡기 물리고 콧속에 튜브 끼우고 배에 위루관 꽂고 거시기에 풍선 카테터 꽂아서 소변 주머니 매달고, 그리고 가슴에는 그 뭐냐, CV 머시기? 약물을 직접 주입하는 거. 그런 걸 꽂아놓고서는 의사가 더 이상은 무리라고 했는데도 뇌물까지 먹여가면서 사타구니에 혈액투석 튜브 꽂고 심지어 항문에는 체온계까지 꽂아놨다니까.

어디에 뭘 꽂아 넣어도 이상할 게 없는 무시무시한 연명 치료를 하고 있대.

연명?

그래. 연명. 죽게 내버려두는 거 반대. 연명. 상상해봐. 아주 오싹하다니까. 차라리 죽게 내버려두는 게 낫지, 으으으.

예.

일단 대답은 한다. 무슨 말인지 못 알아듣겠지만. 그래도 똥구멍에 체온계를 꽂는다는 말은 알아들었다. 시름시름 앓던 찬스에게 그날이 오고야 말았구나 싶었을 때, 오라버니가 찬스의 엉덩이에 체온계를 꽂았기 때문이다. 나중에 체온계를 물로 싹 씻어서 돌려받았지만 그 체온계를 다시 사용하고 싶지 않아 그냥 방치해두었다.

왜 그렇게까지 하는지 알겠어?

예. 일단 대답은 해둔다.

거짓말하고 있네. 머리를 얻어맞았다. 예, 모릅니다.

모르는 게 당연하지.

며느리는 갑자기 거짓으로 활짝 웃어 보였다.

아까는 그렇게 먹으라고 성화하던 장어를 큰 밥상 끝으로 밀어내고는 주섬주섬 종이 몇 장과 봉투를 꺼냈다.

그럼 이건? 이게 뭔지 알아?

예. ……아뇨, 모릅니다.

봉투에는 이미 '유언장'이라고 쓰여 있다. 따라서 이것은 유언장이다. 하지만 그렇게 대답하면 또 머리를 얻어맞을 게 뻔해 모르는 척했다.

이게 뭐냐면 유언장이야. 그리고 이건 연습용 초안 용지, 이건 진짜 유언장 용지. 이건 봉투. 지금은 이런 것도 팔아. 료타가 인터넷에서 찾아냈어. 역시 료타, 역시 점장이라니까. 제 아버지 안 닮고 나를 닮아서 쓸 만해. 해결사야. 끝장 해결사. 자, 잘 봐. 알겠어? 이건 이력서처럼 견본을 보고 쓰기만 하면 돼. 엄청 쉬워. 자, 볼펜 손에 쥐고. 백 엔짜리인데도 부드럽게 잘 써져. 이제 내가 하는 말을 받아쓰는 거야.

…….

유, 언, 장. 알겠어? 여기. 여기에 쓰라고.

……. 종이 위에 볼펜 끝을, 갖다 댄다.

유언장, 이라는 한자는 이 봉투 보고. 이거랑 똑같이 쓰면 돼.

…….

왜 그래? 역시 못 쓰겠어?

아뇨, 쓸 수 있습니다. 글씨 쓰는 연습 많이 했거든요.

그럼 빨리 써봐. 자, 어서.

나는 글씨를 쓰려고 열심히 노력했다.

한 방에 역전할 수 있는 기회가 지금 찾아온 것이다.

그동안 나를 실컷 무시했던 며느리를 찍소리 못 하게 할 절호의 기회가.

……그런데…… 쓸 수가 없다.

손이, 볼펜을 쥔 것만으로 벅차서 바보가 되었다.

왜 그래? 며느리가 얼굴을 들여다본다. 며느리는 원래

눈두덩이가 통통하고 눈이 가느다란데 지금은 치켜 올라가 있어 무섭다.

나는 조바심이 났다. 손아, 힘내. 마음속으로 오른손을 응원했다. 오른손아, 힘내. 이걸 술술 쓰기만 하면 며느리를 찍소리 못 하게 할 수 있다. 다리는 이 꼴이 되었지만, 아직 숟가락을 들 수 있으니까 손으로 이까짓 일은 할 수 있을 줄 알았다.

그런데. 볼펜 끝이 작은 점을 찍은 채 멈추고 말았다.

……초라하다.

나도 모르는 사이 당연히 할 수 있을 줄 알았던 것인데 못 하게 되었다. 거뜬히 할 수 있을 줄 알았던 것을 못 하게 되었다. 작은 점 옆에 물이 떨어진다. 그 물은 눈물이다. 실은 콧물이지만 기분상으로는 어엿한 눈물이다.

며느리가 땅이 꺼져라 한숨을 쉬었다.

이건 됐어. 얼른 장어 먹어야지?

며느리가 웬일로 사근사근하게 말했다.

아마도. 지금 며느리는 나만큼 낙심했을 것이다.

침울하고 힘든 사람끼리 마주 앉아 있다.

장어는 싫습니다. 안다니까. 그래도 먹어. 지금은 배가 불러서 먹고 싶지 않습니다. 흐음. 그럼 이건 어때?

밥상에 뭔가가 놓였다. 눈을 가까이 들이대고 자세히 보았다.

앗. 엉겁결에 소리를 질렀다.

며느리가 마스크를 천천히 벗고 히쭉 웃었다.

히쭉 웃는 며느리의 얼굴은 어린 시절 축제 때, 희한한 구경거리가 있는 천막집 천에 그려진 뱀 먹는 여자의 그림과 똑같았다.

그래. 시베리야, 하고 말하고 입을 크게 벌려 먹는 시늉을 한다.

아아앗. 시베리야는 좋다. 같은 팥 앙금이라도 오하기 떡이나 찹쌀떡은 싫다. 그런데 시베리야는 좋다. 팥 앙금으로 만든 양갱이 카스텔라 사이에 싹 발라져 있다.

시베리야는 좋다. 시베리야는 상냥하다. 시베리야에 손을 뻗었다.

기다려.

하는 말이 떨어졌다.

반만 먹어도 되니까 장어부터 먹어. 그런 다음 시베리야 줄게.

시베리야에 '기다려.'가 떨어졌다. 다이짱도 찬스도 똘똘해서 '기다려.'가 떨어지면 먹어, 하고 말할 때까지 절대로 먹지 않았다. 마지못해 장어를 먹는다. 억지로 깨작깨작 먹는다.

시베리야에 눈이 멀어, 나는 무슨 짓이든 하는 안타까운 사람으로 전락했다.

오, 먹었네. 예. 시베리야, 주세요.

쳇, 아직 안 까먹었네. 이번에는 이거 먹어. 약.

'기다려.'는 아무리 기다려도 풀리지 않았다. 마지못해 손을 내민다.

손에 약이 놓인다. 양이 꽤 많았다.

자. 먹어.

지긋이 본다.

왜 그래? 그거 먹으면 시베리야도 먹을 수 있어.

안다. 아는데, 조용히 해. 잠깐 기다려봐.

뭐?

왜냐하면 이거 봐, 아직.

뭔데 그래?

약이, 말이야. 살아 있잖아.

뭐어?

약봉지에서 꺼낸 약은 금방은 죽지 않는다. 한참 지난 뒤에야 죽는다. 그리고 한꺼번에 죽지 않고, 레드오렌지나 홍백색처럼 색이 짙은, 겉만 세 보이고 속은 무른 녀석부터 죽고, 그다음에는 옅은 색이 죽고, 흰 녀석이 마지막으로 죽는다.

이거 봐, 아직 흔들거리잖아. 살아 있잖아. 그렇지?

흐음.

며느리가 옆에서 들여다본다.

할매가 손을 떨고 있으니 그렇지.

…….

괜찮아. 이미 죽었으니까. 약 얼른 삼켜. 그러면 시베리야 줄게.

…….

물로 약을 삼킨다. 사실 흰 약은 살아 있었다.

다 삼켰어?

……예.

좋아. 먹어.

드디어. 시베리야에 떨어졌던 기다려, 가 풀렸다.

덥석 물었다.

맛있어?

……예. 시베리야를 먹는 틈틈이 대답했다.

할매, ……오래오래 살아야 해.

……예.

할매. 진짜 오래 살아야 해.

미노루 아주버니보다 일 분 일 초라도 더 오래 살아야 해.

……예.

안 그러면 여기 땅이랑 집이랑 몽땅 미노루 아주버니한
테 빼앗기거든.

…….

상속순위가 있어. 할매 유언장이 없으니까. 저쪽이 상
속순위가 더 높대. 피 한 방울 안 섞였어도 양아들로 되어
있어서 미노루 아주버니가 료타보다 더 높대, 순위가. 그

러니까 할매가 미노루 아주버니보다 더 일찍 죽으면 죄다 빼앗기는 거래.

그렇게 되면 우리는 빵 엔이야, 빵 엔. 료타하고 내가 개 고생하면서 간병 지옥에 허덕이고 있는데 빵 엔이라니까. 맥날 스마일*도 아니고. 진짜 빵 엔이 뭐냐고!

……

아아악, 그이만 살아 있었어도.

……예 ……아, 겐이치로한테 무슨 일 있냐?

혼자 떠들고 있는, 전투에 져서 도망치는 무사 같은 며느리에게 조심스레 물었다.

……죽었어.

앗? 언제?

2년 전에.

어쩌다?

파친코에서 돈 잃어서. 자살했어.

아아아. 나는 그런 것도 몰랐다. 아무도 가르쳐주지 않

* 일본 맥도날드에서 '스마일'을 주문하면 직원이 공짜로 웃어주는 서비스로, 영수증에는 '스마일 0엔'이 찍힌다.

으니 외아들이 죽은 것을 2년이 지난 지금에야 알게 됐다.

위 속에서 성불 중이던 흰 약이 날뛰기 시작했다.

역연은 참으로 괴롭다.

잘 있어. 할매. 나는 이제 갈 건데. 내일은 방문 간호사하고 요양 보호사가 올 거고, 모레는 주간보호센터에 가는 날이야. 남은 장어는 나중에 먹어.

예. 대답만 하고 나중에 토라져야겠다.

아차, 그렇지.

즈크화* 끈을 묶고 있는 며느리의 노티 나는 둥근 등에 대고 말했다.

뭔데?

통장 모르냐? 내, 통장.

연금 받는 통장?

연금……이라니? 연금이, 나오고 있어? 얼마 나오는데?

……아무것도 아니야. 연금 이야기는 잊어버려.

예. 아니, 내가 궁금한 건 내 재봉틀로 벌고 남은 돈인데, 그걸 어디 통장에 넣어놨거든.

* 캔버스나 스니커즈를 이르는 옛말.

68

……모르겠는데, 그런 게 있었어?

예. 오라버니 아니면 미노루가 갖고 있었을 겁니다.

뭐야, 진짜였어? 그런 게 있었다고? 난 처음 듣는 얘긴데. 아니, 그게 사실이면 큰일이잖아. 형님하고 다미코, 그것들 진짜 감쪽같이 숨겨뒀네.

그러냐? 글쎄, 그렇다니까. 당장 집에 가서 료타하고 작전 짜야겠다. 아아, 바빠지겠네.

며느리는 여기 온 뒤로 계속 혼자 부산을 떨며 시끄럽게 굴고 있다.

나 간다, 할매. 또 올게.

예.

후유, 살았다. 하고 생각한다.

바이, 잘 있어, 할매.

예. 잘 가쇼.

며느리가 미닫이문을 드르륵 열고 나가자마자 뜨거운 바람이 훅 밀려들었다.

그래서 알았다.

지금은, 여름이다.

주간보호센터 '아스나로'에 도착했다.

키가 쪼그만 밋짱이 강아지처럼 날아와 내 두 손을 붙잡고 걷게 해주었다.

가케이 씨, 좋은 아침이에요. 예. 좋은 아침입니다.

가케이 씨. 저 기억하세요? 예. 조금 전에는 몰랐는데 얼굴을 보니 알겠습니다.

와아아.

대개는 잊어버리는데 보면 기억이 납니다. 밋짱은 내 머릿속에서 한 사람의 커다란 밋짱이 되어 흐릿한 얼굴을 하고 있다. 그런데 얼굴을 본 순간 분신술로 뿅 하고 나와 기억이 나는 것이다. 너, 방금 뿅 나왔단다.

네에에에? 쪼그만 밋짱이 깔깔 웃고, 쪼그만 몸으로 나와 마주 본 채 요령 좋게 뒷걸음으로 걷고 있다.

자, 가케이 씨는 요네야마 씨 옆자리예요.

크림옐로색 의자에 앉는다.

식당에는 테이블이 아홉 개 있다. 각 테이블마다 의자가 네 개.

요네야마 영감의 옆자리다.

항상 요네야마 영감의 옆자리에 앉는 것 같다.

앉은 직후에는 조금 부끄럽다.

안녕하세요. 용기 내어 인사를 한다.

처음 뵙겠습니다.

요네야마 영감은 그렇게 화답했다.

그랬다. 요네야마 영감은 치매였다.

처음 뵙겠습니다. 쌀농사꾼도 아닌데 이름이 요네야마입니다. 늘 바다에서 살았지만 요네야마입니다.

옆에 있는 어린이인 밋짱과 근처에 있는 다른 밋짱들이 와하고 웃었다.

아아, 그럼 이번에 우오우미(魚海) 씨로 개명하면 어떻습니까.

또다시 웃음이 터졌다. 나도 웃었다. 웃으면서도 왜일까, 놀림을 받은 것도 아닌데 왜일까, 즐겁기는 한데 왜일까, 조금 슬프다.

차와 젤리가 나왔다. 주간보호센터는 오자마자 대접을 잘해준다. 차를 마셨다. 차는 집에 있는 것과 달리 걸쭉해서 맛이 없었다.

쪼그만 밋짱을 조용히 불렀다. 이 차 상했어. 창피해할
까 봐 슬그머니 귀띔해주었다. 밋짱은 차를 마시다가 사
레들리지 않도록 일부러 걸쭉한 재료를 넣은 거라고 말
했다. 아, 그런 거였구먼. 하지만 사레들려도 좋으니 보통
차를 줬으면 했다.

젤리를 먹었다. 젤리도 흐물흐물하기만 하고 단맛이 약
해서 맛이 없다.

맛있으세요? 쪼그만 밋짱이 옆에 쪼그려 앉아 강아지처
럼 팔걸이에 턱을 얹고 물었다. 예, 맛있습니다. 거짓말도
하나의 방편. 그래서 거짓말을 했다. 다행이에요. 쪼그만
밋짱은 형편없는 바느질로 만든 수제 마스크를 쓰고 생글
생글 웃으며 거짓말을 의심조차 하지 않고 있다. 양심이
따끔거린다. 그리고 깨달았다. 이 아이는 지금 배가 고프
지만, 일하는 시간이라 사장에게 간식을 얻어먹지 못하는
것이다. 그런데도 생글생글 웃고 있다니 참으로 기특하고
안쓰러워서 젤리를 건넸다. 이거, 너 먹으렴. 몇 살이냐?
스물여섯 살이에요.

거짓말. 아무한테도 말 안 할게, 진짜로 몇 살이냐? 진짜로 스물여섯 살이에요.

같은 말을 되풀이하느라 결말이 나지 않고 있다. 다른 밋짱에게 슬쩍 물어보았다.

얘, 이 아이, 몇 살이냐?

글쎄요, 하고 웃는다. 그 아이, 몇 살로 보이세요?

도리어 나에게 되묻는다.

어디 보자. 아홉 살쯤 되었으려나. 바지런하고 야무진 걸 보면 의외로 열 살은 넘었을지도 모르겠구먼. 밋짱은 좋겠네. 네에! 정말 기쁘네요. 모두가 웃는다.

가케이 씨. 저 결혼했어요. 어린이 밋짱이 또 엉뚱한 소리를 한다. 놀이를 하다 한 거 아니냐. '놀이'가 뭐예요? 소꿉놀이 말입니다. 아, 역할 놀이를 말씀하시는 건가? 가짜가 아니라 진짜로 결혼했어요. 아, 그러냐. 그제야 겨우 알 것 같았다.

이 밋짱은 가난한 집안에서 태어나 먹을 입을 줄이기 위해 어쩔 수 없이 결혼했는데, 시가도 가난한 곳이었던 까닭에 나이를 속이고 이런 데서 일하는 것이다.

아마도. 여기서 일하는 밋짱들은 모두 씩씩하게 생글생글 웃고 있지만, 그렇게 보이도록 꾸몄을 뿐 다들 비슷한 처지에 놓인 가난한 사람들임에 틀림없다.

옛날이나 지금이나 가난한 사람일수록 잘 웃는다.

죽은 이웃집 할머니도 맨날 씩씩한 척을 하며 웃었다.

그 할머니는 시가의 늙은 시누이에게 갖은 구박과 멸시를 당하고 실컷 부려 먹힌 것도 모자라 늙은 시누이가 주워 온 강아지와 고양이도 죽을 때까지 돌보아야 했다. 새끼 때만 예뻐하고 크고 나면 할머니에게 떠넘겼던 것이다. 할머니는 늙은 시아버지와 시어머니의 대소변을 받아 내는 일까지 떠맡은 탓에 등이 심하게 굽어 앞으로 고꾸라질 듯이 걷게 됐다. 똥 움켜쥔 손금이었지만 평생 가난하고 고생만 직사하게 했으면서 열심히 웃었다.

불쌍하게도.

다들 이런 데서 늙은이 보살피는 일을 하고 똥오줌 시중까지 하면서 생글생글 웃다니 더 안쓰럽고 불쌍하다.

쪼그만 밋짱에게 귓속말을 했다.

너…… 너한테 말이다…….

지긋이 본다.

숟가락을 쥔 내 오른손을.

숟가락을 쥔 오른손은 주먹을 쥐고 있다. 그것이 지금의 내가 할 수 있는 최선이다.

너한테 재봉틀을 가르쳐주마.

라는 말을 젤리와 함께 삼켰다.

눈을 피한다.

재봉이 형편없는 마스크에서 눈을 떼고 나는 말했다.

너…… 너 말이다, 아직 늦지 않았으니까, 시어머니한테 신문 구독하자고 해라. 그걸로 가타카나부터 연습하고 히라가나도 익히고 헌 신문에 밭 전이나 뫼 산, 내 천 같은 간단한 글자를 계속 쓰면서 익혀라. 그다음에는 한자 위에 읽는 법이 달린 어려운 한자를 연습하면 머지않아 웬만한 글자는 다 읽을 수 있고 쓸 수도 있게 된다. 그럼 이번에는 주판으로 덧셈, 뺄셈도 익히고. 그러면 말이다…… 그러면은 언제까지고 이런 일을 하지 않아도, 제대로 된

작업용 겉옷을 주는 사무실에 취직하게 될 거다.

네에!

힘내라.

네에!

쪼그만 밋짱이 대답했다.

간식 시간이 끝난다.

나는 왠지 가슴이 뿌듯해서 간식을 남겼다.

밋짱들은 빠릿빠릿하게 간식을 정리하고 비닐 가림막을 치우고 테이블을 정리했다.

오늘의 레이크리에이션은 풍선 농구입니다.

중년의 밋짱이 마스크를 뚫고 크게 말했다. 그러고는 규칙을 설명해주었다. 규칙은 횡설수설을 해서 무슨 말인지 알아들을 수가 없었다. 그래도 하다 보면 대충 알게 된다.

요네야마 영감과 같은 홍군이 되었다.

팔을 나란히 들어 손바닥을 폈다.

밋짱이 에틸알코올을 칙칙 뿌려줬다.

사실 이것은 놀이일 뿐 이기든 지든 딱히 아무 상관도

없다. 그래서 처음부터 무시하고 참여하지 않는 사람도 있다. 왕년에 부장이니 사장이니 교장이니 원장 자리에 앉았던 영감들은 아예 참여하지 않는다. 누굴 바보로 알아? 하고 들으라는 듯이 자꾸 말한다. 그건…… 그럴지도 모른다. 하이쿠나 시 낭송, 나기나타, 바둑, 도도이쓰*를 가르쳐주는 전문 강사를 데려오면 그들도 참여할지도 모른다. 이런 애들 장난 같은 놀이를 하라니 참을 수 없다, 하는 심정을 모르는 것은 아니다.

그런데.

그러면 좀 어떤가.

밋짱들이 열심히 고민해서 정성껏 준비해준 놀이다. 조금 어리숙한 척하며 참여하면 좀 어떤가. 그러다 보면 신기하게도 그럭저럭 재미있어진다. 그럼 그걸로 충분하지 않은가.

나는 오늘은 앞장서서 의욕적으로 하기로 결심했다.

게임은 금방 어떻게든 되었다. 잡은 풍선을 같은 홍군에게 건네거나 곧장 망에 집어넣어서 득점을 할 수도 있다.

* 나기나타는 일본의 전통 장병기이고, 도도이쓰는 에도시대 속요다.

휠체어를 탄 채 망 가까이에 자리 잡은 나는 풍선을 받아 곧장 망에 집어넣으면 된다.

하지만. 멀리 돌아가게 되겠지만 요네야마 영감이 오기를 기다렸다가 풍선을 건네주었다. 요네야마 영감은 풍선을 단단히 쥐고 망에 넣었다.

박수가 쏟아졌다. 몇 번이고 그랬다. 큰 박수가 연신 쏟아진다. 그때마다 요네야마 영감은 빡빡 깎은 머리를 긁적이며 뿌듯해했다.

홍군이 이겼다. 네 편 내 편 할 것 없이 박수를 쳤다.

오늘의 엠브이피를 발표하겠습니다.

기다리고 기다리던 발표의 순간.

오늘의 엠브이피는…….

두구두구두구두구, 하고 다 같이 외쳤다.

요네야마 조지 씨입니다!

트로피는 두루마리 화장지 심지에 금색 종이를 둘러 탑 모양으로 조립한 것이다.

기분이 어떠신지 한 말씀 하시죠, 하는 말에 요네야마 영감은 한쪽 눈을 감고,

해냈어, 베이비.

라고 말했다.

트로피를 번쩍 들어 올린 뒤 옆에 있는 밋짱에게 맡긴다.

가제 마스크를 내린다.

그러고는 입에 손가락을 넣어 휘이익 하고 높이 휘파람을 불었다.

요네야마 영감은 그 어느 때보다 흥이 넘쳤다.

아아. 가슴 깊이 생각했다. 이걸로 됐다. 정말 다행이다.

게임이 끝났으니 목욕할 시간이다.

욕조에 몸을 담근 채 욕조 가장자리를 붙잡고 수를 세고 있는데, 투명한 얼굴 가리개를 쓴 쪼그만 밋짱이 바짓단을 걷어 올리고 와서, 오늘의 진짜 엠브이피는 가케이 씨예요, 그렇죠? 하고 귓속말을 했다. 가케이 씨가 골 앞에서 풍선을 주지 않았다면 요네야마 씨는 엠브이피가 되지 못했을 거예요. 그런가. 나는 시치미를 떼고 고개를 딴 데로 돌렸다. 그렇다니까요. 요네야마 씨에게 영광을 양보하셨잖아요. 내가 그랬나. 내가 세운 공은 잊어버린 척하는 것이 가장 좋다. 그래야 모양새가 좋다.

가케이 씨.

예.

가케이 씨는 요네야마 씨가 좋으시죠?

…….

못 들은 척을 한다.

가케이 씨는, 요네야마 씨가, 좋으신 거죠?

글쎄, 어떡할까. 그런 건 사람들 없을 때 슬쩍 물어보면 못 가르쳐줄 것도 없다. 그런데 사람이 여럿이나 되는 앞에서 물어볼 것은 아니다.

아아, 역시. 이 밋짱은 어린아이다.

그렇게 확신했다.

히로세 할머니가 눈 화장이 시커멓게 얼룩진 무시무시한 눈으로 거울 너머에서 이쪽을 보고 있다.

히로세 할머니의 넓은 등은 문신으로 반드르르하다. 한가득 피어 있는 연꽃이 평소보다 붉은 기를 띠고 선명하게 도드라져 있다.

그건…… 저거지.

쩔쩔매면서 머릿속에서 대답을 찾았다.

그건…… 저거야. 시간을 벌기 위해 똑같은 대답을 반복했다.

밋짱의 눈은 강아지처럼 올곧은 눈이다.

아니, 그러니까, ……거시기지.

타이머가 삐뽀삐뽀 울려 욕조에서 나왔다.

밋짱은 헤헤헤 웃고는 자기 자리로 돌아갔다.

생각해본다.

늘그막의 사랑에서 늘그막은 어떤 한자를 쓰면 되는지. 늙은이의 찬물. 이건 안다. 분수를 모른다. 이 말도 안다. 그러나. 늘그막의 사랑의 늘그막은 한자로 늙을 로(老), 그리고 옆에 붙은 글자가 하나 더 있었는데 아무리 생각해도 떠오르지 않는다.

목욕탕에서 나온 뒤 요네야마 영감과 딱 마주쳤다. 요네야마 영감의 휠체어는 쪼그만 밋짱이 밀고 있다. 밋짱이 짓궂은 어린아이 눈빛으로 에헤헤 하고 웃는다.

아, 여성들은 아직 다 안 끝나셨군요.

안에 너댓 명 더 계세요.

내 휠체어는 시원시원한 목소리의 밋짱이 밀고 있다.

아, 그럼 조금만 더 기다릴까요?

그래야겠어. 가케이 씨도 바람도 쐴 겸 안뜰로 함께 나가시죠.

이 상황은 뭘까.

밋짱 둘이서 가짜임이 분명한 어설픈 연기를 하고 있다.

그늘에는 바람이 좀 부네요.

덥긴 마찬가지인데 역시 해가 짧아지긴 했어.

에헴. 뒤에 있는 밋짱이 일부러 헛기침을 한다.

그것을 신호로 휠체어를 딱 붙여 서로 마주 보게 했다.

가케이 씨, 뭐 하실 말씀 있었던 거 아니에요?

글쎄…… 무슨.

도무지 짐작을 못 하고 있는데, 쪼그만 밋짱이 느닷없이 말했다.

가케이 씨는 요네야마 씨가 좋으신 거죠?

어엉?

그러니까 가케이 씨는, 요네야마 씨가, 좋으신 거죠?

…….

나는 입을 다물었다.

좋아하는가 하면 그야 좋아한다. 그런데 그런 말은 젊은 사람들끼리 나누어야 모양이 나지, 다 늙어서 하면 아무래도 모양이 좋지 않다. 무엇보다 그런 광경은, 늙은이들끼리 연애에 미쳐 있는 광경은 보여줄 만한 것이 아니다. 남의 일이라도 보고 싶지 않다.

그나저나…… 요네야마 영감은 어떻게 생각할까?

요네야마 영감이 나를 가만히 바라본다.

요네야마 영감의 눈이 맑다.

치매라는 것이 믿어지지 않을 만큼 맑다.

아니, 치매라서일지도 모르지만, 깊디깊고 맑았다.

아이 러브 유.

요네야마 영감이 말했다.

와앗!

밋짱들이 환성을 질렀다. 요네야마 씨는 미군 캠프에서 밴드를 하신 적도 있죠? 아니야. 시원시원한 밋짱이 정정한다. 시베리아에 억류되셨었어. 아, 그런가요? 그렇다니까. 포로였을걸. 아니에요, 포로는 마쓰다 씨였어요. 요네야마 씨는 밴드에서 베이스였는걸요. 베이스캠프는 미군

캠프에서 베이스 담당이었다는 말이잖아요.

뭐어? 뭔 소리야. 시원시원한 밋짱이 서양 영화처럼 과장되게 두 손을 벌리고 어깨를 으쓱했다.

아.

세 명이 놀라서 동시에 소리를 질렀다.

요네야마 영감이 내 가슴을 콱 움켜쥔 것이다.

앗. 밋짱들이 황급히 두 휠체어를 떼어놓는 바람에 나는 그만 휠체어에서 굴러떨어졌다.

아아앗.

밋짱들이 허겁지겁 달려들어 나를 겨우겨우 일으켰다.

이럼 안 되는데. 어쩜 좋아. 가케이 씨, 어디 아픈 데 없으세요?

쪼그만 밋짱이 울상을 짓고 물었다.

나는 괜찮아.

꺄악! 이마에 혹이 났어요.

괜찮다니까. 이 정도 가지고 걱정할 것 없다.

정말이다. 나는 계모에게 장작으로 하도 맞아서 아픔에는 익숙하다. 아프기는 해도 이 정도 통증은 아무것도 아니다.

어떡해. 말도 안 돼. 전혀 괜찮지 않아요. 아아, 어쩜 좋아. 일단 주임님에게 보고하고 올게요.

잠깐 기다려!

시원시원한 밋짱이 불러 세웠다.

뭐라고 설명할 건데?

아.

그렇지? 사실대로 말하면 시말서 감이야.

아니, 그래도 제대로 보고는 해야 하잖아요.

그렇긴 한데 사실대로 말하면 어떻게 되겠어? 자칫 잘못하다가는 우리 둘 다 잘릴 수도 있어.

네?

그렇지 않아도 코로나 때문에 이용자는 줄고 경영도 빠듯해서 이미 매각처를 찾고 있을걸.

네에?

그래, 매각은 아직 먼 이야기라 쳐도, 회사 입장에서 이런 실수는 인건비를 삭감하기에 좋은 구실이 되잖아.

세상에. 안 돼요. 남편도 재택근무 하느라 잔업수당이

깎였단 말이에요. 그럼…… 일단 어떻게 해야 해요?

어떻게 해야 할지는 나도.

두 사람이 복잡한 일을 의논하고 있는 사이, 나는 요네야마 영감을 슬쩍 훔쳐봤다.

요네야마 영감은 마스크를 벗고 입을 삐죽 내밀고 쭙쭙 소리를 내고 있다.

그럼 이렇게 해.

뒤에서 목소리가 들려와 뒤돌아봤다.

히로세 할머니가 보행기에 몸을 기대고 턱을 비스듬히 내밀고 있었다.

당뇨가 있는 히로세 할머니는 살이 심하게 쪄서 목이 거의 없고 얼굴이 어깨에 박혀 있다. 그런데 신기하게도 턱만 쑥 튀어나와 있다. 광택 나는 검은 실크 마스크 사이로 드러난 턱이 바로 목욕한 다음이기도 하니 핑크색을 띠고 있어 우스꽝스럽고, 동글동글한 것이 그 부분만 조금 귀엽다.

그 턱을 오른쪽 위로 비스듬히 들어 올린다.

그 자세는 옛날에 갈고닦은 것으로, 부하에게 명령할 때

나 오라버니가 땅에 꿇어 엎드릴 때 자주 했던 자세인데, 평소에는 보이지 않던 턱 밑의 점이 드러나 훨씬 요염해 보이고 효과가 있다.

그럼 이렇게 해. 나와 가케이가 시비가 붙어서 내가 가케이를 밀쳤다고.

뭐라고요?!

쪼그만 밋짱이 소리를 질렀다.

그런 거짓말은 안 돼요.

그럼 어쩔 건데.

…….

자네들 말이야…….

한참 뜸을 들인다.

히로세 할머니는 옛날부터 이런 솜씨가 뛰어났다.

자네들, 너무 만만하게 봤어. 늙은이를. 늙은이의 성욕을 말이야.

먹혔다.

하고 히로세 할머니는 생각했다. 라고 나는 생각한다.

히로세 할머니는 원래 이런 연극조의 기질을 지녔기 때

문에 일부러 오라버니처럼 변변치 못한 남자를 골라잡아 함께 살며 오라버니 때문에 눈물 많은 삶을 살았다. 그리고 허벅지의 변재천 문신도, 등의 연꽃 문신도 오라버니가 시켜서 새긴 것처럼 말했지만 실은 그렇지 않다.

나는 곁에서 봐서 안다.

그럼 지금 주임인 그 뭐냐, 미야자키였나? 그 사람한테 가서 말하고 올 테니까 그사이에 가케이 치료해주고 있어.

히로세 할머니가 뒤로 돌아섰다.

밋짱 둘이서 멋있다고 생각하며 그 뒷모습을 존경의 눈빛으로 바라본다, 고 히로세 할머니는 생각했다.

라고 생각한다.

실제로.

밋짱들의 어설픈 연기에 비하면 히로세 할머니는 훌륭한 연기자다.

히로세 할머니는 뒷모습을 지켜보는 사람에게 절절한 여운을 남기고, 아주 천천히 멀어지면서 보행기 소리를 데굴데굴 울리며 복도를 크게 돌아서 갔다.

밤이, 온다.

하루의 끝에는 반드시 밤이 돌아온다.

밤은 고맙다. 밤은 무조건 고맙다.

오줌도 누고 왔다. 오늘은 변소에서 나름 머리를 써서 기저귀와 패드를 포개어 착용해봤다. 이로써 아침까지 문제없다. 이제 잠들기만 하면 이것저것 생각하지 않아도 된다.

아아. 이대로 내일 아침 눈이 떠지지 않으면 좋으련만.

원래의 전등 끈에 연장한 마 끈을 두 번 당긴다.

고리 모양 전등을 끄고 쪼그만 전구 하나만 켜둔다.

천장의 나뭇결을 따라 밋짱들의 얼굴이 떠올랐다.

밋짱들 모두가 한 덩이로 뭉쳐 그다지 특징 없는 얼굴이 되었다. 그런데도 생글생글 웃고 있다. 밋짱들의 웃는 얼굴은 좋다. 좋지도 않으면서 일부러 띠는 미소가 아니라, 악의 없는 가난한 사람의 고운 미소다.

오늘 하루도 고마웠습니다.

인사를 한다.

그러자 한 덩이의 밋짱들의 윤곽이 꼬불꼬불 움직였다.

힘차게 꼬불거리고 이리저리 꼬불거리다 마지막에 낯익은 얼굴의 밋짱이 되었다.

또렷한 밋짱. 쪼그맣고 쪼그만 밋짱.

아아.

하고 생각한다.

오늘은 진짜 밋짱을 만났다. 진짜 밋짱이 나왔다.

엄마.

하고 밋짱이, 미치코가 말했다.

이 근방은 나리타산에 갈 때 지나는 길이니까 미치코라고 지으면 돼, 미치코로 해, 라고 오라버니가 말했다.

오라버니는 내 배가 튀어나온 것을 가장 먼저 알아차리고 몹시 화를 냈다. 아기가 태어나기 직전까지, 애를 지워주는 할멈에게 다 이야기해놨으니 당장 가서 지워! 하고 성화였다.

그럴 때마다 나는 재봉 일이 바쁜 척을 하며 지금 작업 중인 것만 마무리되면 갈 테니까 조금 기다리라며 거짓말을 하고, 마무리가 되지 않도록 실을 자르지 않은 채 계속

다르르다르르 재봉틀을 돌렸다. 기다리다 지친 오라버니가 욕설을 퍼붓고 돌아갈 때까지 쉬지 않고 재봉틀을 돌리다가 오라버니가 가고 나면 그제야 마무리를 지었다.

이건 비밀인데, 마무리는 마음만 먹으면 언제든지 할 수 있다.

오라버니는 배움이 없는 데다 바보 같을 만큼 성격이 단순했기 때문에 나한테 매일 그런 식으로 속아 넘어갔다.

오라버니가 돌아간 뒤 이어 붙인 브래지어를 머리 위로 들어 올려봤다.

형형색색의 브래지어는 초등학교 운동회 때 운동장 위로 걸린 외국 국기 같았다.

우리 집은 나를 초등학교에 잘 보내주지 않았지만 운동회 날만큼은 오라버니 손에 이끌려 학교에 갔다. 키는 작아도 달리기만큼은 빨라서 1등을 했고, 이어달리기에서는 첫 번째 주자로 달리다 상대편과 거리를 한참 벌려놓고 두 번째 주자에게 바통을 제대로 넘겨주었다. 그랬기에 운동회의 외국 국기처럼 연결된 브래지어를 높이 들어 올리면 괜히 자랑스럽고 상쾌한 기분이 들었다.

그리고.

점점 불러오는 배는 겐이치로 때와 달리 옆으로 퍼졌고, 아기가 배를 찰 때도 겐이치로처럼 마구 쿵쿵 걸어차는 것이 아니라, 조심스레 살짝 차보고 상황을 살핀 뒤 또 톡 차보는 식이었다. 그래서 나는 딸이구나, 하고 확신했다.

배가 불러올수록 오라버니의 낙태 타령은 더 험악해졌지만, 배 속에서 제법 자랐는데도 조심스레 톡, 톡 차기만 하는 아기가 몹시 갸륵하고 짠해서 빨리 만나고 싶어 하는 내 마음도 무서우리만치 독하게 부풀었다.

나는 일부러 빈둥거리며 재봉틀 페달을 밟았다.

매일매일 재봉질 할 것이 없어져도 자투리 천까지 가지고 나와 재봉틀을 돌렸다.

마침내.

동트기 전.

예감이 들었기에 겐이치로가 깨지 않도록 살그머니 일어나 세숫물 통 옆에 걸어둔 수건을 냅다 잡아채서 입속에 틀어넣고 목소리가 새어 나오지 않도록 창살에 매달려

힘주며 변소에서 혼자 출산을 했다.

아기는 예상대로 여자아이였다.

그렇구나, 하고 납득이 갔다.

피투성이로 태어난 갓난아기는 온몸이 붉어서 아칸보*
라고 하는구나.

겐이치로 때도 같은 생각을 해놓고 잊어버리고 있었는
데, 그때 문득 생각난 것이다.

딸아이는 겐이치로처럼 우렁차게 으에에에 울지 않고
히이이잉 하고 울었다. 히이이잉, 히이이잉, 연약한 목소
리로 울기만 하는 피투성이에 벌거숭이인 아기가 불쌍했
다. 나는 황급히 먼지떨이를 거꾸로 쥐고 반짇고리를 끌
어당겨 그 속에서 무명실을 꺼낸 뒤 탯줄에 팽팽하게 감
아 단단히 묶고는 재단 가위로 싹둑 잘랐다. 그런 다음 젖
을 꺼내 아기에게 물렸다.

아기는 곧바로 풍선처럼 퉁퉁 불은 젖을 꿀꺽꿀꺽 소리
내며 먹었다. 아기를 배 속에 품고도 이래저래 제대로 먹
지 못한 탓에 배곯은 채로 태어난 아기가 악착같이 젖을

---

* 赤ん坊, 일본어로 갓난아기라는 뜻으로 붉을 적자를 쓴다.

빠는 모습도 참으로 불쌍했다.

젖을 주면서 아기를 들여다보았다.

아기의 쪼그만 눈동자에 내 얼굴이 비친다.

······아아.

이 장면을 본 기억이 있다.

오랜 옛날.

겐이치로가 태어나기 훨씬 전에..

다이짱의 젖을 빨아 먹었을 때보다 더 전에.

그때는······ 거꾸로 내가 밑에서 올려다보았다.

나를 내려다보는 눈동자에 아기가 비치고 있다.

그것은······.

거의 기억해낼 뻔했는데 건넛집 닭이 울었다.

그 소리에 겐이치로가 잠에 취한 눈으로 일어났다.

변소 앞에서 비둘기가 새총에 맞은 것처럼 어리둥절한 얼굴로 서 있는 겐이치로를 심부름 보냈다.

오라버니와 히로세 언니가 헐레벌떡 뛰어왔다.

변소에서 아기를 낳았다고?! 비웃음거리가 되려고 작정했냐!

현관 문턱에서 오라버니가 노발대발했다.

동네 사람들이 벌떡 일어나 잠옷 차림으로 구경 나왔다.

뭘 구경하고 있어! 우리가 구경거리인 줄 알아?!

몰려든 사람들에게 고함을 치며 발길질로 내쫓은 뒤, 끌신을 신은 채 집 안으로 들어와 도깨비 얼굴로 나를 내려다보았다.

나는 오라버니를 힐끗 올려다보고 그대로 입을 열지 않은 채 계속 젖을 주었다.

크으윽…….

오라버니가 신음하고 있다.

내가 이겼다.

이런 일은 일단 낳고 본 사람이 이기는 법.

오라버니를 무시하고 오직 젖 주는 데에 집중했다.

큭, 크으으……!

오라버니가 신음하고 있다.

남자는 이런 일에 약하다.

반대로 히로세 언니는 강했다.

말없이 부엌으로 가서 물을 끓인 뒤 그 물을 대야에 담

아 미지근한 물로 적당히 식힌 뒤,

잠깐 줘봐.

라고 말하며 내게서 아기를 받아 안정감 있게 안으며 한 손으로 아기의 양쪽 귀를 막고, 다른 한 손에는 가제 손수건을 들고 아기를 더운물로 능숙하게 씻겼다.

형제가 많아서 익숙하거든.

히로세 언니가 누구에게랄 것도 없이 말했다.

그러고는 이거 챙겨왔는데, 하면서 한 손으로 곁에 있는 보따리를 풀고 물건들을 꺼내 하나둘씩 늘어놓았다. 그중 한 장을 펼쳐, 물기를 닦아낸 아기를 살며시 올려놓는다.

그것은 가제로 만든 배내옷이었다.

방금 전까지만 해도 아기는 피투성이었는데 새하얀 새 가제 배내옷에 싸이고 나니 보송보송하고 맑고 깨끗한 아기가 되었다.

보따리 속에는 그 외에도 털실로 짠 포대기와 유카타를 잘라서 만든 천 기저귀가 들어 있었다. 히로세 언니는 쑥스러워하며, 집에 더 많이 있는데 차차 가져올게, 하고 일부러 퉁명스럽게 말했다.

생각났다.

히로세 언니는 2년 전에 유산했다. 그때 의사는 말했다.

다시 임신하면 그때는 자네가 위험해.

그래서 오라버니가 엉겁결에 자신의 몸 안에 사정하지 않도록 파수꾼 역할로 허벅지에 변재천 문신을 새겼던 것이다.

생각건대. 보따리 속 용품들은 히로세 언니가 유산하기 전에 자기 아기용으로 만든 것이다. 나는 그 생각을 입 밖에 내지는 않았다.

히로세 언니는 배내옷을 입힌 아기를, 옆에서 화난 얼굴로 뻣뻣하게 서 있으면서도 속으로는 겁을 먹은 오라버니 품에 억지로 떠넘겼다.

오라버니는 순간 자기 품에 들어온 아기를 얼결에 받아 안았다.

돌이켜보니 겐이치로가 아기였을 때 오라버니는 파친코 가게 2호점을 내느라 한창 바빴다. 오라버니는 원래 아기나 아이에게 전혀 관심이 없어 겐이치로를 안아준 적이 이제껏 한 번도 없었다.

억지로 안은 아기를 얌전한 얼굴로 가만히 내려다본다.

미간에 주름을 잡고 오랫동안 꼼짝 않고 내려다본다.

그리고.

마침내 졌음을 인정하고 오라버니가 말했다.

이 근방은 나리타산에 갈 때 지나는 길(道)이니까…… 그거다…… 미치코(道子)! 미치코로 해!

아기는 이름을 받아 안심하고 쪼그만 입을 벌려 하품을 한 뒤 오라버니 품에서 잠들었다.

오라버니는 깨지기 쉬운 물건을 다루듯이 아기를 품에 안고 한참 동안 우뚝 서 있었다.

그날 이후.

오라버니는 미치코를 여러모로 돌봐주고 싶어 했다. 그러나 어떻게 돌보아야 하는지 몰라 노점에서 장난감을 잔뜩 사와서는 잠들어 있는 미치코의 머리맡에 죽 늘어놓고 저 혼자 뿌듯해했다. 옆에서 보고 있던 겐이치로가 부러워서 미치코의 장난감을 집어 들 때마다 손바닥으로 겐이치로의 얼굴을 때렸다.

미치코는 한창 바쁠 때 태어났다. 젖이 잘 나오지 않아 일찌감치 젖을 떼고, 재봉틀에 집중할 수 있도록 무슨 음식이든지 간에 된장을 발라서 손에 쥐여주고 먹여서 키웠다. 감. 오이. 밥풀과자. 고구마 말랭이. 그중에서도 어육 소시지가 가장 그럴듯한 음식으로, 거기에도 된장을 발라 쥐여주면 긴 시간을 들여 핥아 먹었다.

미치코를 불쌍히 여긴 오라버니가 보다 못해 거금을 들여 엄청나게 큰 대만 바나나를 다발로 사왔다.

미치코는 그 고급스러운 바나나에도 된장을 발라달라며 졸라서 오라버니가 크게 실망했던 것 같다.

엄마.

하고 미치코는 불렀다.

누구라도. 사람이면 누구에게나 다. 나도, 오라버니도, 겐이치로도, 행상인도 전부 다 통틀어서, 두 살이 넘어서도 무조건 엄마, 하고 불렀다.

히로세 언니도.

엄마라고 불린 히로세 언니는, 얘, 머리가 좀 모자란 거 아냐? 라고 하면서도 싫지만은 않은 얼굴로 미치코의 부

스스한 머리를 참빗으로 정성껏 빗고 이를 잡아주었다. 그리고 능숙한 손놀림으로 다른 아이들은 아무도 하고 있지 않은 모양으로 머리를 예쁘게 땋아주었다.

독특한 머리 모양 덕분인지, 미치코의 손을 잡고 걷고 있으면 지나가는 사람들마다 예쁘네, 또는 인형 같아, 하면서 돌아보았다. 세어본 적은 없지만 백 번이나 이백 번은 거뜬히 넘고도 남는다.

오라버니는 용건도 없으면서 툭하면 미치코를 데리고 다녔다. 방금 저기서 모르는 할머니가 아빠를 똑 닮아서 아주 예쁘다고 했다며 좋아죽겠다는 얼굴로 자랑했다.

미치코는 언제나 눈을 동그랗게 뜨고 사람을 밑에서 올려다보았다.

사람이 하는 모든 일을 눈을 동그랗게 뜨고 밑에서 가만히 올려다보고 있었다. 보고 듣고 하는 것이 하나부터 열까지 다 처음이라 깜짝 놀랐던 것이다. 그래서 눈을 동그랗게 뜨고 올려다보았던 것이다.

엄마, 하고 미치코가 부른다.

그러면 오라버니는 언제나 얼굴을 구긴 채,

그래, 하고 대답했다.

엄마, 뱅기.

그래, 미치코. 알겠다. 비행기 놀이라.

자, 미치코. 하늘 높이, 더 높이.

미치코는 까르르까르르 웃었다.

후나바시에서 가장 높은 비행기다.

하늘 높이, 더 높이.

오라버니는 몇 번이고 계속 미치코를 하늘 높이 들어 올렸고, 그때마다 미치코는 까르르까르르 웃었다.

아기의 웃음은 어쩜 저렇게 자지러지는 소리가 날까. 까르르하는 아기의 웃음소리는 대체로 세 살까지 계속되다 어느 날 보통 웃음소리로 변해 있다. 손쉽게 아기가 까르르 웃는 소리를 듣고 싶으면 아기 배에 얼굴을 갖다 대고 바람을 뿌우 불어 배방귀를 해준다. 나는 오라버니처럼 힘이 세지 않아 비행기 놀이를 해줄 수 없기 때문에 그런 식으로 아기를 웃게 했다. 까르르 웃는 소리를 듣기 위해 몇 번이고 계속 배방귀를 하다 보면 나중에는 눈물까지 흘리며 웃기 때문에 불쌍해서 그만한다.

오라버니가 해주는 비행기를 타고 미치코는 까르르까르르 웃었다.

엄마.

하고 미치코가 말했다.

엄마, 사랑해.

미치코와 오라버니 사이의 하늘을 진짜 비행기가 태평하게 가로지른다.

그날 이후.

오라버니는 파친코 기계에서 구슬이 잘 나오도록 손보고, 파렴치한 수법으로 손님을 벗겨 먹는 것도 그만두고, 술과 담배, 주사도 딱 끊고, 건실한 사람 행세를 하며 미치코를 데리고 다녔다.

오라버니는 행여 미치코에게 피해가 갈까 봐 자기 등에 새겨진, 폭포를 거슬러 오르는 잉어 문신을 성병과 피부과 비뇨기과 전문의 시오즈카의원에서 지우고 왔다. 그러고는 히로세 언니에게도 허벅지의 변재천 문신을 지우라고 했다. 히로세 언니는 오라버니의 몸에 남은 문신 지운 자국이 지저분하다며 거부했고, 그러자 오라버니는 네가 그걸 지우면 호적에 올려 정식 부부가 되겠다, 그리고 미치코를 양녀로 삼겠다고 약속했다.

따라서 오라버니가 히로세 언니에게 강제로 시킨 것은 문신을 새기는 일이 아니라 지우는 일이었다.

어쨌든 오라버니는 딴사람이 된 것처럼 근면 성실하게 일했다. 해가 뜨기도 전에 출근해서 가게 앞을 구석구석 깨끗이 쓸고 물을 뿌렸다. 그뿐만 아니라 변소의 소변기를 모조리 번쩍번쩍 광이 나도록 닦았다. 핥아도 될 만큼 깨끗이 닦았다고 자랑하자, 누군가 진짜로 핥아보라고 하여 소변기 가장자리를 날름 핥아서 사람들의 비위를 상하게 했다.

그런 오라버니를 볼 때마다 나는 왠지 모르게 마음이 뒤숭숭했다.

지금까지 남의 생피를 빨아 먹듯이 살아온 사람이 갑자기 참사람이 되려고 해봤자 주변에서 가만히 놔둘 리가 없다. 저 혼자만 착한 사람이 되는 것을 나쁜 동료는 용납하지 않는다. 실제로 오라버니는 심한 괴롭힘을 당했다. 누군가 밤중에 변소의 내용물을 가게 안에 쏟아부은 것이다. 오라버니는 누구 짓인지 짐작이 간다고 했다. 그런데도 앙갚음할 생각도 하지 않고 씩씩거리는 부하들까지 말리고 다 같이 가게를 아주 깨끗하게 치우고 나서 경품인 향수를 마구 뿌린 뒤 아무 일도 없었다는 듯이 가게를 열었다.

그 후로도 구슬 받침대에 쥐며 바퀴벌레 사체가 놓이는 일이 흔했고, 한꺼번에 여러 명의 사기도박꾼이 들이닥치거나, 괜한 트집을 잡고 늘어지는 손님도 있었다. 그래도 오라버니는 굴하지 않고 '건전 오락'이라는 간판을 내걸고 열심히 일했다. 그리하여 오라버니의 진심을 알고 편들어주는 사람이 늘면서 괴롭힘은 차츰 줄어갔다.

그러나.

설령 나쁜 동료가 눈감아준다 해도 하늘을 그리 쉽게 속일 수는 없는 법. 하늘의 그물은 넓고 커서 성긴 듯하나 악인을 놓치지 않고 잡아 천벌을 내린다고 했다. 한 사람

한 사람의 행위를 높은 곳에서 가만히 내려다보고 있다.

하늘은 오라버니와 나도 지켜보고 있었다.

말없이 가만히 지켜보고 있었다.

한 번 인간의 도리에 어긋난 사람을 하늘은 그리 쉽게 용서해주지 않는다.

특히 하늘은 갑자기 선량한 사람이라도 된 듯 구는 것을 가장 싫어하기 때문에 한 번 높이 들어 올려준 다음 바닥에 쿵 떨어뜨린다.

아니나 다를까 오라버니와 나는 높이 들어 올려진 뒤, 쿵 떨어졌다.

파친코 기계에서 구슬이 잘 나오게 되자 손님들 사이에 입소문이 퍼져 서로 가자며 함께 방문하는 손님들이 많아졌다. 돈방석에 앉게 된 오라버니는 남편이 내팽개치고 간 허름한 집에 사는 우리가 안쓰러웠는지 목수를 불러와 비용은 얼마든지 댈 테니 자기 지시대로 집을 고쳐달라고 했다. 집 외관을 개선하고 대문과 현관문은 새로 만들어 달았다. 대문에서 현관 사이의 얼마 안 되는 공간에는 덩굴시렁을 세워 등나무를 심었다. 오라버니는 세련된 조경이라는 말을 어디서 귀동냥으로 듣고 와서는 등나무 밑동에 학이 그려진 유명한 도자기 화로를 갖다 놓고, 속에 물을 붓고 수초를 넣어 연못처럼 만든 뒤 새끼 비단잉어를 풀어놓았다. 그 속에 겐이치로와 동네 아이들이 야시장에서 건진 금붕어와 툭눈 금붕어, 올챙이를 계속해서 집어넣었다. 그래도 서로 잡아먹고 잡아먹히기도 하여, 또 비단잉어는 일치감치 누가 훔쳐가고 올챙이는 개구리가 되어 도망가는 바람에 대체로 늘 같은 수의 물고기가 팔랑팔랑 팔랑팔랑 헤엄치고 있었다.

미치코는 쪼그려 앉아서 화로 들여다보기를 좋아했다.

미치코는 하루 종일 혼자 쪼그려 앉아 도자기 화로 속을 들여다보았다.

얼마나 고마웠는지 모른다. 겐이치로 때와 달리 나도 어지간히 나이를 먹어서 어부바를 하려 해도 포대기 끈이 살을 파고들어 어깨가 결리는 통에 잠깐씩 미치코를 내려놓았다. 미치코는 겐이치로와 달리 눈을 뗀 사이 어디로 가버리는 일이 없으므로 잠깐씩이 아니라 거의 계속 미치코를 등에서 내려놓고 도자기 화로의 금붕어에게 애 보기를 맡겼다. 그 덕에 재봉 일은 술술 진행되었다.

재봉틀 페달을 밟으면 참으로 기분이 좋다.

누구의 방해도 받지 않고 아무 생각도 하지 않고 다르르 다르르 페달을 밟으면 발이 발판에 착 붙고 돌림바퀴에 탄력이 붙었다. 그러면 레이스 달린 예쁜 속옷이 하나둘씩 완성되고 어느새 손과 발이 저절로 술술 술술 움직였다.

재봉틀을 돌릴 때만은 쓸데없는 생각을 하지 않아도 되었다.

편해진다.

계모에게 장작으로 맞은 일도, 떠난 남편에 관한 것도, 전 사장 밑에서 아무리 열심히 일해도 어엿한 기술자로 인정받지 못하고 두 사람 몫 이상의 일을 해내도 된장 찌꺼기 취급을 받은 일도, 그보다 더한 일을 당한 것도 몽땅 잊히고 머릿속이 텅 비어 편해진다.

그날.

겐이치로는 아침부터 어디로 놀러 나가 집에 없었다. 점심때가 되어도 다른 집에서 뭘 얻어먹었는지 집에 돌아오지 않았다.

주먹밥을 만들어 된장을 발라줘야겠다.

주먹밥을 만든 뒤 행상이 놔두고 간 소시지에도 된장을 발라서 미치코에게 가져다줘야지. 그렇게 생각했다.

생각만 하고 재봉틀을 돌리다 흥이 나서 한 장만 더, 또 한 장만 더, 하고 재봉틀 페달을 밟았다. 페달을 밟을수록 발판에 탄력이 붙고 박음질한 선이 길처럼 보여 그 길을 따라 쌩쌩 달리고 또 달리다 보니, 한 자리에 앉아 재봉틀을 돌리고 있는데 이어달리기에서 첫 번째 주자가 되어 아무도 따라잡지 못하도록 선두를 달리고 있는 듯한 들뜬 기분이 들어, 오라버니가 했던 필로폰이 이런 기분일까, 하고 묘하게 맑은 정신으로 생각했다.

참사람으로 살겠다고 결의하기 전의 오라버니는 파친코 가게 두 군데 모두에 '뽕방'이라는 작은 방을 만들어 방 천장에 용수철을 연결한 주사기를 여러 개 매달아놓고 한 대당 돈을 얼마씩 받고 주사를 맞게 했다. 파친코에서 연달아 지면 기운을 불어넣기 위해 뽕방에 가서 바구니에 든 고무줄을 팔에 꽉 감고 천장에 매달린 내용물이 들어 있는 주사기를 잡아당겨 푹 찌른 뒤 손을 놓는다. 그러면 도로 천장으로 올라가는 구조였는데, 요코하마인지 어딘지 다른 영화관에서 하던 것을 오라버니가 따라 한 상품이었다.

나는 필로폰을 맞아본 적은 없지만 오라버니가 하는 모습을 한 번 본 적이 있다. 팔에 주사기를 찌르자 피가 주사기 속으로 쭉 들어갔고, 필로폰과 피를 한꺼번에 팔 속으로 도로 집어넣는 것을 보고 얼마나 무서웠는지 모른다. 오라버니는 주사를 맞은 뒤 얏호! 하고 괴성을 지르며 웃으면서 집을 뛰쳐나갔고 시비를 걸어 혼자 일곱 명을 때려눕혔다고 자랑했다. 재봉틀 페달을 밟다 보면 기분이 들뜨면서 돌 나르기든 여자 스모든 뭐든 다 할 수 있을 것처럼 느껴지는데, 필로폰도 이런 걸까.

그렇게 생각했다.

그런 때가 1년에 보통 두 번이나 서너 번쯤 있다.

그중 한 번이 그날이었다. 왠지 모르게 득 보는 듯한 기분에 힘차게, 힘차게 재봉틀 페달을 밟고 또 밟았다.

그러는 사이 얇게 짠 파란 직물이 하늘에 걸리고, 저녁노을이 커튼처럼 드리워지고, 벌레들의 울음소리가 묵직

하게 내려앉고 , 짙푸른 남빛 하늘이 고요히 떨어졌다.

아무래도 바로 앞에 있는 전등만으로는 충분하지 않다.

그래서.

그제야 재봉틀 페달에서 발을 떼고 미치코를 살피러 일어났다.

끌신을 신고 앞마당으로 나갔다.

미치코는 동그란 외등 불빛 속에 쪼그려 앉아 스크화 한 짝을 손에 들고 도자기 화로의 물을 뜨고 있었다.

엄마.

하고 미치코가 말했다.

엄마.

미치코가 스크화를 이쪽으로 내밀고 말했다.

금붕어.

붉고 쪼그만 금붕어가 오렌지옐로의 스크화 속에서 팔딱팔딱 뛰고 있었다.

오렌지옐로의 스크화는 전날 오라버니가 나가사키야백

화점에서 사준 새 신발이었다.

미치코는 오늘 아침 처음 신은 새 신발로 운 좋게 건져 올린 금붕어를 눈을 동그랗게 뜬 채 놀란 얼굴을 하고 내게 내밀어 보였다.

와, 대단하다, 밋짱. 아주 잘하는구나.

나는 이런 시간까지 아이를 내팽개쳐둔 죄책감에 일부러 호들갑스레 놀란 척을 했다.

미치코는 마음이 놓인 듯한 얼굴로 금붕어를 도자기 화로 속에 살며시 놓아주었다.

그러고는 다시 한번 도자기 화로의 물을, 이번에는 물만 스크화로 떴다.

아.

말릴 새도 없이, 미치코는 스크화 속 물을 꿀꺽꿀꺽 마셨다.

미치코가 너무나 익숙한 손놀림으로 그렇게 하기에 그동안 목이 마르고 배도 많이 고파서 몇 번이나 같은 행동을 했다는 것을 알았다.

그리고.

밤이 되고 몸에 열이 난 미치코는, 죽었다.

이질이었다.

달려온 오라버니가 미치코의 얼굴을 덮은 흰 손수건을
걷어서 넋을 잃고 보고는 다시 조심스레 원래대로 돌려놓
은 뒤 옆에 있던 히로세 언니의 따귀를 힘껏 후려갈겼다.
그런 다음 방구석에 엎드려 만화책을 읽고 있던 겐이치로
의 엉덩이를 걷어찼다.

오라버니는 노는 데 정신이 팔렸다는 트집을 잡으며 애
꿎은 겐이치로를 혼냈고, 히로세 언니에게는 불평하느라
여태껏 문신을 지우지 않았다며 크게 소리치며 몇 번이나
비난했다.

그리고.

나는.

나에게는 아무런 비난도 하지 않았다.

미치코는, 미노루의 아이였다.

남편이 사라진 그날 밤부터 미노루는 밤마다 내 이불 속

에 들어왔다.

미노루의 밤일은 남편의 그것과는 전혀 달리 이런저런 요구 사항이 많고 집요해서 나는 되도록 천장을 보고 가능하면 딴생각을 했다. 다이짱 생각이나 신사에서 열린 봉납 스모 때 본 스모 선수에 관해, 두더지 사체를 처음 봤는데 죽긴 했어도 귀여웠던 것, 바닷가의 갈매기 떼가 날아다닐 때 날개의 모양이 아주 근사했던 것. 그런 생각에 집중하기로 하고 오라버니는 물론 그 누구에게도 말하지 않고 꾹 참았지만, 어느 날 마침내 달거리가 끊기더니 배가 불룩해져 오라버니에게 들켰다.

나는 아무 말도 하지 않았고 망신스러워서 도저히 입 밖에 낼 만한 내용이 아니었는데도, 오라버니는 곧바로 상황을 파악하고 미노루를 집에서 내쫓았다.

그리하여.

미치코는 태어났다.

그리고.

미치코는 죽었다.

겐이치로와 히로세 언니를 한바탕 두들겨 팬 뒤 오라버

니는 끌신을 신고 뛰쳐나가, 미노루가 지내는 노무자 합숙소까지 가서 영문을 몰라 어리둥절해하는 미노루를 반죽음을 만들어놓고 숨을 씨근거리며 돌아왔다.

하지만.

나는 안다.

오라버니가 정말로 후려갈기고 싶었던 사람은, 반죽음을 만들고 싶었던 사람은,

나다.

나는 혼자 신나게 재봉틀을 돌리느라 사실 미치코를 반쯤은 잊고 있었다.

그 무렵.

나는 지금처럼 자꾸 깜빡깜빡 잊어버리지 않았다. 모든 것이 괜찮았다.

그런데 미치코를 반쯤 잊고 있었다.

머리 한구석에 맴돌기는 했지만, 미치코는 원래 참을성이 많고 떼쓰거나 운 적도 없었기 때문에 나는 미치코라면 내버려둬도 괜찮겠지 하고 생각했다.

마무리는 마음만 먹으면 할 수 있었다.

이건 비밀인데, 마무리는 마음만 먹으면 언제든지 할 수 있다.

그러나.

미치코라면 이해해주겠지, 하고 나를 더 앞세워 마무리를 미뤄두었다.

아직 세 살도 되지 않은 미치코에게 이해를 구하고 마음을 덜 썼던 것이다.

그리하여.

나는 미치코를 죽이고 말았다.

오라버니는 나에게 화가 난 나머지 오히려 나를 때릴 수 없었던 것이다.

뒤숭숭했던 예감을 현실로 만든 것은, 실제로 일어나게 한 것은 그 누구도 아닌 나 자신이었다.

오라버니에게 얻어맞았으면 나는 편해졌을까.

얻어맞고 싶지 않을 때는 얻어맞고, 얻어맞고 싶을 때는 얻어맞지 못한다. 그것이야말로 가장 가혹한 벌이라고 생각한다.

지금.

매일매일 변소에 가는 것도 힘들고 깜빡깜빡하고 오래 전 일은 기억하면서도 최근 일은 자꾸 잊어버린다. 어차 피 잊을 거면 오래전 일도, 미치코가 죽은 날의 일도 잊어 버리고 싶지만, 그런 일은 잊히지 않는다. 하루에도 몇 번 씩 미치코가 눈을 동그랗게 뜨고 나를 향해 생글생글 웃었던, 말로 표현할 수 없을 만큼 귀여운 얼굴이 떠올라 문득 정신을 차리고 보면 손닿는 곳에 있는 물건마다 된장을 바르고 있어 내가 지금 뭘 하는 건가, 하고 생각한다.

오라버니는 미치코가 죽고 원래의 자신으로 돌아갔다. 아니, 전보다 훨씬 나빠진 오라버니는 필로폰중독의 수준을 넘어 기어이 요코하마까지 가서 필로폰보다 더 무시무시한 약에 손을 댄 끝에 선로 아래의 홍등가 길바닥에서 죽었다. 도랑에 한쪽 다리를 처박고 쓰러져 있던 오라버니는, 그 부근에 워낙 그런 사람들이 흔했기 때문에 취객이나 약물 중독자가 자고 있는 것으로 여겨져 오랫동안 방치되었다. 그래서 죽었다는 소식을 일주일이 지나서야 받았다. 경찰서에서 본 오라버니 얼굴은 흙빛으로 퉁퉁 부어 있었고 도랑에 처박았던 왼쪽 다리는 무릎 밑으로 흐물흐물하게 썩어 뼈가 훤히 드러나 있었다.

임종을 지키는 이 하나 없이, 오라버니는 갔다.

홀로 숨을 거두었다.

49일째 되는 날에 납골을 끝낸 뒤 히로세 언니는 문신사를 찾아가 등 전체에 연꽃을 새겼다.

그 직후에 인사도 없이 사라졌다.

나 혼자만 여전히 살아 있었다.

미치코가 죽은 이 집에서.

미치코를 죽게 한 재봉틀을 돌리며.

그것이 벌이었다.

불의의 아이를 밴 벌.

신나게 재봉틀을 돌린 벌.

신나게 재봉틀을 돌렸기 때문에, 재봉틀을 돌리지 못한 지 오래되었는데도 계속 살아가야 하는 것도 벌이다.

하늘은 오라버니와 나를 지켜보고 있었다. 악인이라면 한 사람도 빠짐없이 천벌을 내리기 위해 처음부터 끝까지 내내 지켜보고 있었다.

나는 도대체 언제까지 살면 되는 걸까.

밋짱.

천장에 있는 미치코를 부른다.

미치코는 눈을 동그랗게 뜨고 아무 말도 하지 않고 생글생글, 생글생글 웃고 있다.

밋짱.

부른 김에 다른 밋짱도 불러본다.

나를 보살펴주는 밋짱들도 늘 생글생글 웃는다. 가난한 사람의 순수한 미소로 생글생글 웃는다. 그래서 나는······.

미치코를 따라 모두 다 똑같이 그렇게 부르기로 마음먹었던 것이다.

할매, 똥 나왔어?

며느리가 온다. 아아, 늦잠을 잤다. 오줌을 눠야 하는데 변소에도 못 가고, 신문을 가지러 나가지도 못하고 자느라, 깜빡하고 오늘이 '가족 돌봄'인 것도 잊고 있었다.

오늘은 몇 월 며칠 무슨 요일이고, 지금은 몇 시냐?

며느리는, 가르쳐줘봤자 금방 잊어버릴 거 아냐, 라면서 지금 일곱 시, 하고만 가르쳐줬다.

이상하다. 며느리가 그렇게 이른 시각에 온 적은 여태껏 한 번도 없었다.

영 미심쩍어서 며느리를 쳐다봤다.

할매. 며느리는 그렇게 입을 떼고 킥킥 웃었다.

미노루 아주버니가, ……죽었어.

아아학학학, 우앗, 학학!

며느리는 불에 데기라도 한 듯이 방바닥을 뒹굴며 웃음을 터뜨렸다.

……언제?

어제 저녁. 17시 33분.

……왜?

다발성 장기부전이래. 하기야, 한계는 진작 넘어섰는데 억지로, 겨우겨우 살려놓은 거였잖아. 형님하고 다미코가 죽기 살기로 목숨을 붙잡아둔 거였으니까. 그런데 드디어 죽었어. 죽어줬어.

와악학학하, 학학학학!

입을 너무 크게 벌리고 웃은 탓에 다물 때 빠각, 소리가 났다.

어우, 식겁했네, 하마터면 턱 빠질 뻔했어.

그렇게 말해놓고도 참지 못하고 입을 다문 채 으흐흐 하고 계속 웃었다.

며느리는 차콜그레이색 옷을 입고 화장도 빈틈없이 하고 왔다. 이제 정찰할 겸 장례식을 도우러 미노루의 집에 간다며 의욕이 넘쳤다.

며느리가 자꾸 죽었다는 말을 반복하며 흐뭇해하기에, 나는 약간 기분이 묘했다.

나도 미노루가 좋지는 않았다.

분명히 말해 싫었다.

하지만.

이런 식으로 덮어놓고 기뻐해도 되는 걸까.

만약.

만약 미노루가 없었다면…….

만약 남편이 미노루를 데려갔다면…….

그 어느 쪽이든.

미치코는 처음부터 이 세상에 없었다.

원래 이 세상에 없으니까, 이질도 걸리지 않고 죽는 일도 없었다.

하지만.

나는 미치코를 만나서 좋았다.

설령.

어떤 운명이든 간에 미치코를 만나서 정말 좋았다.

그 후에 어떤 밑바닥을 경험해야 했더라도, 뼈저리게 후회했더라도 그때는 미치코가 살아 있었을 때는 짧은 기간이었지만 행복했다.

무지무지 행복했다.

나에게는 행복한 시기가 분명히 있었다.

그런 일은 없겠지만, 지금까지도 없었지만 우연히라도 누군가,

행복했습니까? 하고 묻는다면 그때는,

행복했습니다.

하고 대답할 것이다.

긴말할 것 없이 한마디로 대답할 것이다.

아참, 할매. 미노루 아주버니네 가면 다들 정신없을 테니까 그 틈에 집을 뒤져서 통장 뺏어다 줄게.

큰 밥상을 열심히 닦으며 며느리가 말했다.

예.

밥상은 콩자반 국물이며 우유며 간장이며 소스 같은 것
이 두툼하게 눌어붙어 있었다. 며느리는 볶음용 주걱을
꺼내 와서 덕지덕지 붙은 때를 닥닥 긁어냈다.

다행이야.

행주로 찌꺼기를 싹 훔쳐낸다. 그러고는 세제를 밥상에
대고 쭉 짠 뒤 수세미로 문질렀다.

예.

어쩌면 며느리는 가르치면 제법 쓸 만해질지도 모른다.

거품으로 범벅이 된 밥상을 행주로 닦아낸 뒤 행주를 헹
구고 짠다.

그렇게 여러 번 되풀이한다.

다행이야. 암, 잘됐고말고. 며느리는 말했다.

거품을 전부 닦아낸 뒤 마른행주로 팔을 크게 뻗으며 물
기를 닦아냈다. 행주는 비누로 빨아 꼭 짜서 싱크대 가장
자리에 널었다. 마른행주도 비누로 빨아 꼭 짜서 행주걸
이에 널었다.

그 동작에는 쓸데없는 움직임이 단 한 번도 없었다.

아아, 하고 생각한다. 며느리는 이미 완성되었다.

정말 다행이야. 며느리는 말했다.

……다행입니다. 나는 말했다.

왠지 모르게 앞뒤가 맞는다.

며느리는 기세를 몰아 내 손을 꽉 잡았다.

…….

며느리와 손을 잡은 것은 아마 이번이 처음일 것이다. 이런 식으로 한참 붙잡혀 있으니 민망했다.

손을 느릿느릿 뺐다.

할매, 이거.

겨우 손을 떼자, 며느리가 생각났다는 듯이 유명 제과점인 '분메이도' 쇼핑백을 건네주었다.

앞으로는 좋아하는 거 실컷 먹고 마음대로 살아도 돼.

쇼핑백 속에는 하루 이틀로는 다 먹지도 못할 만큼 많은 양의 시베리야가 들어 있었다.

내일은 밤샘 조문을 하고 모레가 고별식이야. 앞으로는 지금처럼 자주 들르지는 못할 것 같은데, 그래도 요양 보호사한테 장보기나 빨래 같은 건 다 맡기면 될 거야. 아까 캐어매니저*한테 전화해서 내가 못 오는 횟수만큼 요양 보호사의 방문을 늘려달라고 해놨어.

예.

비용이 발생해도 괜찮으니까 주간보호센터도 가고 싶은 만큼 얼마든지 늘려도 돼. 밥 배달도 먹고 싶은 대로 다 시켜도 돼.

예.

여기가 아슬아슬하게 상업지에 속하거든. 그래서 예상보다 더 비싸게 팔 수 있대. 뭣 하면 7층짜리 건물을 세워서 1층에는 료타한테 세련된 술집 겸 카페 같은 거 차려주고, 2층부터는 원룸으로 만들어 세놓고, 그 월세 수입으로 집 대출금 갚으면서 꼭대기 층에는 우리가 살아도 되고.

얘야.

……우리라니, 그게 누구냐?

어? ……뭘 그런 걸 따져, 할매. 그냥 예를 든 거니까. 그 부분은 잊어버려.

* 노인을 위한 요양 서비스를 계획 및 관리하는 전문가.

예.

그럼 갈게.

아, 잠깐.

뭔데?

요 근래 안 보이는데, 겐이치로는 어떻게 지내냐?

나불나불 신나게 떠들어대던 며느리의 얼굴이 순간 얼어붙었다.

아래로 처진 눈썹이 더욱 처져 팔자가 된다.

그러고 나서 얼버무리듯이 천천히 웃었다.

잘 지내.

며느리가 말했다.

아아, 그러냐. 그럼 다행이구나.

잘 지내는데, 일이 너무 바쁘다고. 못 와서 미안하다고 하더라. 엄마, 미안해. ……라고 했어.

아아, 그러냐. 그럼 다행이구나.

참으로 다행이다.

자식은 몸 건강히 일 잘하고 지내는 것이 제일이다. 몸 건강히 일 잘하는 것만으로 충분하다. 그거야말로 효도

다. 그러니까 부모는 바쁘게 일하는 자식에게 외롭다느니, 외로우니까 만나러 오라느니 하는 말은 죽어도 입 밖에 내면 안 된다. 죽을 때만 와주면, 그러면 된다.

……다행, 이네.

예.

……나, 간다.

예.

그럼 안녕. 며느리는 단숨에 젊음을 되찾은 것 같기도, 늙은 것 같기도 한 알쏭달쏭한 얼굴로 말하고 손을 흔들었다. 잘 있어, 할매.

예, 잘 가쇼.

정말로…… 안녕, 할매.

예, 안녕.

할매…….

며느리는 웬일로 아쉬운 듯이 뒤돌아보았다. 뭘까.

왠지 이승에서의 이별처럼 음울하다.

나는 음울한 것을 못 견딘다.

그래서 아직도 할 말이 있는 듯한 며느리에게 그 어느

때보다 서슴없이 말했다.

예, 안녕.

끝.

주간보호센터에 갔더니 어쩐 일인지 히로세 할머니 옆
자리에 앉게 되었다.

요네야마 영감의 모습을 찾아본다.

요네야마 영감의 모습은 어디에도 없었다.

영감은 죽었어. 요네야마 영감.

…….

요네야마 영감이 죽어버렸어.

……언제요?

지지난 주. 영감이 죽은 거, 잊어버렸지?

…….

지난주에도 묻고 그저께도 묻더니, 물은 것조차 잊어버
렸지?

…….

주간보호센터에서는 누군가 죽거나 시설에 가거나 병

에 걸려 입원해도, 공공연히 알려주지 않는다. 그리고 거의 매번 새로운 사람이 들어오고 그만큼 누군가가 없어져도 사람 수가 크게 줄거나 늘지 않고 그런대로 잘 유지되고 있다.

나는 누군가가 없어져도 잘 알지 못한다. 그러고 보니 요 근래 그 사람이 안 보이네, 하고 생각해도 그 사람의 얼굴이 떠오르지 않는다.

그런데.

요네야마 영감은 기억하고 있고 얼굴도 또렷이 떠올릴 수 있다.

처음 뵙겠습니다. 쌀농사꾼도 아닌데 이름이 요네야마입니다. 늘 바다에서 살았지만 요네야마입니다.

요네야마 영감의 자기소개도 기억한다.

하지만.

죽은 것은 잊어버렸다.

그저께도 말했다시피 지주막하출혈이었대.

…….

고통 없이, 아침에 뒤편에 살고 있는 아들이 부르러 갔더니 잠든 채 죽어 있었대.

히로세 할머니는 그렇게 말하며 차를 후루룩댔다. 히로
세 할머니의 차를 봤더니 왜일까, 걸쭉해 보이지 않았다.
왜 그런지 물어봤다.

치매에 걸렸거나 몸져누운 상태도 아니고, 평소에 기침
을 거의 안 하는 사람한테 차를 걸쭉하게 끓여주지는 않
으니까.

……그 말인즉 ……내 차가 걸쭉하다는 건, 내가 역시
치매에 걸렸다는 걸 모두가 인정한다는 건가?

여보게, 가케이.

예.

그나저나 남자들은 왜 하나같이 먼저 죽는 걸까.

오늘 간식은 미쓰마메*였다.

미쓰마메를 숟가락으로 떠서 먹었다. 우무는 각이 져 있
지 않고 전체적으로 단맛이 약해서 솔직히 맛이 없었다.

나는 말이지, 가케이. 다양한 남자와 그걸 해왔는데, 셸

---

* 삶은 붉은 완두콩에 우무, 찹쌀가루·물엿·설탕을 섞어 졸인 화과자 규히(떡
반죽), 찹쌀경단을 넣어 꿀을 뿌려 먹는 디저트.

수 없이 많은 남자와 그걸 했는데, 역시 긴짱과 할 때가 가장 좋았어. 최고였지.

기억을 떠올린다.

우리 성씨는 가네코(金子)였기 때문에 사람들은 오라버니를 긴짱, 긴짱*하고 불렀다. 계모는 그 호칭을 싫어해서 그렇게 부른 아이를 장작으로 겁주며 다시 똑바로 부르도록 시켰다. 그런데 히로세 할머니만은 끝까지 지지 않고 무조건 긴짱이라고 불렀다. 계모가 본격적으로 화가 나서 장작으로 때렸더니 히로세 할머니, 아니 언니도 화가 나서 계모에게 "매춘부 주제에 잘난 척하지 마."라며 얼굴을 향해 침을 뱉었다.

그때 분노한 계모의 얼굴은 아주 볼만했다.

그때 가슴속이 어찌나 후련하던지.

방금. 오랜만에 긴짱 소리를 듣고 그리운 생각이 들었다.

여보게, 가케이.

예.

긴짱은 말이야, 자네를 엄청나게 예뻐했어.

* 金子의 金를 훈독하면 가네, 음독하면 긴이라고 읽는다.

......

빚 대신 가게를 빼앗겼을 때, 빚쟁이가 아직도 부족하다며 여동생도 넘겨라, 그러면 다 같은 걸로 해주겠다, 그랬거든. 그 소리에 긴짱이 펄펄 뛰면서 그놈한테 쳐들어갔는데, 한창때와 달리 이미 필로폰중독으로 폐인이나 다름없었으니까 순식간에 반죽음을 당했지. 몰랐지?

예. 몰랐습니다.

그런 너덜너덜한 몸뚱이로 자네 남편의 행방을 찾다가 결국 어디에 있는지 못 알아내니까 돌팔이 의사한테 부탁해서 행려병사한 사람을 자네 남편인 것처럼 꾸며서 죽은 걸로 한 다음, 집 명의를 자네 앞으로 돌린 거야. 괜히 자네한테 불똥이 튀지 않도록 관공서까지 드나들면서 잘 하지도 못하는 서류 작성도 다 직접 하고. 내가 해주겠다고 몇 번을 말했는데도 자기가 한다면서 버티더라니까. 지렁이가 꿈틀거린 것 같은 형편없는 글씨를 등 구부리고 진득하게 써가면서, 창구 공무원이 예의 바른 척 빈정거리면서 몇 번을 다시 써오라고 해도 덤벼들지도 않고 네, 네, 하고 초등학생처럼 대답하면서 다시 썼다니까. 명의

변경, 상속세, 연금 절차도 전부 혼자, 혼자서 끝까지 다 해놓고 안심하고 얼마 안 가 죽었어.

…….

옛날에 공부를 이렇게 열심히 했으면 나도 지금쯤 거시 기했을지도 모르겠군, 하고.

…….

축하할 겸 잠깐 요코하마나 갔다 와야겠다, 하고.

얏 씨한테, 기억나? 얏 씨. 선주였던. 야에가시 씨.

얏 씨한테 놀잇배 띄워달라고 해서 동료들 데리고 요코 하마에 가서…….

뒈졌어.

…….

고가네초에서 다 같이 여자 사서 술 처마시고 나서 얏 씨 일행은 일 때문에 돌아가겠다고 했더니 긴짱이 자기는 이 삼 일 더 놀다 간다고 했고 그 이삼 일 사이에 뒈져버렸어.

…….

그거 알아? 죽은 뒤에 산더미처럼 남은 빚을 어떻게 했 는지?

......

도비타. 알아? 도비타신치.

......

알 리가 없지. 예, 모릅니다. 미안합니다. 됐어, 사과 안 해도 돼. 고향에서는 아무래도 좀 그렇잖아. 오사카의 도비타는 쉽게 말해 유곽이야. 기본 십오 분. 더블은 삼십 분. 요시와라 유곽과 달리 "오라버니, 고향이 어디야?" 같은 쓸데없는 대화를 할 필요도 없고. 괜히 만지작거리다가는 시간만 잡아먹으니까. 넣기만 하는 거지. 그저 넣기만. 구멍에. 파친코처럼. 눈 질끈 감고 파친코 기계인 척하다 보면 돈 버는 건 문제도 아니야. 이른 아침부터 밤늦게까지, 많을 때는 서른 명도 받아봤어. 거기가 쓰리고 상태가 어떻든 간에 연고를 발라가며 쉬지 않고 정신력으로 손님을 받았지.

......

그렇게 해서 한 푼도 남김없이 다 갚았어. 3년 만에. 다 갚았어.

빳빳한 새 지폐로. 새 지폐를 띠지로 감고 금액을 딱 맞

쳐서 갚았지.

하! 똑똑히 봐라, 이놈들아!

……그것도 몰랐지?

…….

몰랐다. 히로세 할머니가 오라버니의 빚을 갚아줬다. 우리 집이 빚쟁이들에게 넘어가지 않도록 매춘을 해서, 요즘 통 안 보이네, 싶었던 시기에 그 고생을 하고 있었던 것이다. 인과는 돌고 돈다고 했던가. 계모에게 매춘부라 불렸던 히로세 할머니는 자신도 매춘을 했다. 오라버니 혼자만 추락시키지 않겠다고, 자신도 함께 추락해주었던 것이다.

…….

그런 표정 짓지 말라니까. 딱히 자네를 탓하려던 게 아니야.

…….

은혜를 베풀었다고 생색내려는 것도 아니고.

…….

무슨 일이 있을 때마다 자네를 잘 보살펴달라고 긴짱이

당부하더라니까. 그럼 나는 누구한테 보살핌을 받느냐고 받아쳤더니, 긴짱이 웃으면서 나는 강하니까 혼자서도 끄떡없다나.

기가 막혀서. 그걸 왜 자기가 정한담?

…….

그러니까 조금은. 뭐랄까. 우리한테 고마워하라는 건 아니고, 나는 아무래도 상관없지만 조금은 말이야, 가끔은 긴짱을 떠올려줘.

……예.

여보게, 가케이.

……예.

……미치코, 말이야.

……예.

그때…… 문신 지우는 거 주저해서…… 미안했어.

…….

내가 그때 문신을 지웠다면, 달랐을지도 모르겠어.

나도, 자네도, 긴짱도, 미치코도 다른 인생을 살았을지도……, 말이야.

그래도 이제, 이쯤에서 말이야, 이쯤에서 우리 그만 화해하자고.

……

이쯤에서 원통하고 괴로운 일 다 잊고 우리 갈등도 끝내자고. 서로 여생이 얼마 안 남았잖아.

……

그런 거였나.

이제야 깨달았다.

히로세 할머니는 긴 세월 동안 내가 미치코 일로 자신을 원망한다고 생각했다. 내게 아무런 말도 없이 혼자 매춘을 하기로 결정하고 지옥에서 홀로 이 악물고 버텼다.

혼자 씨름판에 뛰어들어 외로운 싸움을 했던 것이다.

히로세 할머니도 그런 부류였다.

인생을 후회하는 부류.

이제야 비로소 깨달았다.

미치코에게 일어난 일은 히로세 할머니 탓도, 누구의 탓도 아니다.

내 탓이다.

그래서 요만큼도 원망하지 않는다. 나 자신을 원망할 뿐, 굳이 말하자면 미노루와, 미노루를 두고 간 남편을 조금 원망할 뿐 다른 사람을 원망하다니 생각해본 적도 없는 일이다.

그리고. 오라버니가 반죽음을 당해가며 애써준 것도, 히로세 할머니가 홀로 싸워가며 매춘까지 해서 내게 불똥이 튀지 않도록 해준 것도, 정말 아무것도 몰랐다.

오라버니도, 히로세 할머니도 나보다 한 수 위라 요만큼도 눈치채지 못했다.

히로세 할머니가 매춘을 한 것은 히로세 할머니의 인과응보가 아니었다.

내가 매춘이든 뭐든 다 했어야 했는데, 그 짐을 대신 짊어져준 것이었다.

나는 그저 재봉틀 페달만 밟았으면 좋았을걸.

그저 재봉틀만 돌렸으면 좋았을걸.

밑지는 인생이었다.

그렇게 생각했건만, 걸핏하면 나는 손해를 봤다, 나만 손해다 하고 생각했건만 그것은 자만이었다

히로세 할머니를 내심 꺼림칙해했던 자신에게, 지금까지의 나 자신에게 잔뜩, 자안뜩 화가 났다.

……여보게, 가케이.

……예.

자네, 요네야마 영감이 죽어서 애석한가?

……예. 아, 아니오.

어느 쪽이라는 건가? 영감한테 반했었지?

……예. 아, 아니오.

어느 쪽이라는 거야. 발칵 역정을 내는 히로세 할머니는 실은 상냥하다는 걸 알면서도 막상 눈앞에서 보니 역시 무섭다.

어디 보자, 반했는가 하면 거시기인데, 그래도 딱히 애석하지는 않구먼. 죽었다고 해서. 미치코 때는 힘들었지만. 불행한 인연이었으니까. 아직도 힘들기는 마찬가지야. 그래도 할머니, 아, 그게 아니라, 언니를 요만큼도 원망한 적 없어요. 내 잘못인걸. 언니는 요만큼도 잘못한 게 없어.

……

히로세 할머니의 뺨을 타고 화장이 섞인 검은 눈물이 넓게 번지면서 줄줄 흘러내린다.

요네야마 영감 일은 글쎄, 왜일까, 이상하게도 애석하지가 않구먼. 어차피 마찬가지니까. 여기까지 왔으면 살아 있든 죽었든 어느 쪽이든 마찬가지잖아. 뱃머리에 진 치면서 발은 저쪽 기슭을 향해 뻗고 있다가 조금씩 발을 더 뻗고 그러다 어떤 순간에 훌쩍 건너가는 거지. 그러니까 살아 있든 죽었든 어느 쪽이든 마찬가지고, 어느 쪽이든 상관없어. 어차피 금방 만날 텐데 아무렴 어때.

…….

히로세 할머니는 화려한 나비 무늬 손수건으로 눈머리와 눈꼬리를 번갈아 톡톡 눌러주었다. 그러고 나서 할 말이 있는 듯이 입을 달싹이다 결국 아무 말도 하지 않았다.

돌아가는 길에 히로세 할머니는 내게 복 고양이 자수가 놓인 복주머니를 줬다.

미안합니다.

이제야 겨우겨우 사과의 말을 했다.

오라버니 일과 미치코 일, 이런저런 일 모두 통틀어서

미안하다고 말할 수 있었다.

히로세 할머니는 허둥지둥 송영 2호 차량에 올라타고는 그제야 뱀 반지를 낀 중지 마디로 창문을 똑똑 두드린 뒤 고개를 크게 두 번 끄덕였다.

2호 차량이 출발한 직후 복주머니 속을 들여다보았다.

그러자.

그 속에는.

처음 보는 통장과 인감이 들어 있었습니다.

유언장

이 통장의 돈은 밋짱들끼리 싸우지 말고 평등하게 나누십시오.

2020년 9월 27일

야스다 가케이

이렇게만 쓰는 데도 시간이 꽤 많이 걸렸다.

아무렇게나 방치된 종이가 눈에 띄어 주웠더니 거기에 유언장 작성법과 유언장 쓰는 종이가 들어 있기에 마침

잘됐다 싶어 유언장을 쓰려고 했지만, 손이 볼펜을 쥔 순간 바보가 되었다. 그래도 열심히 써봤지만, 꿈틀꿈틀하며 '유'를 쓴 것만으로 종이의 절반을 차지했다. 그래서 달력을 한 장 떼어내 그 뒷면을 이용하기로 하고, 볼펜도 힘주어 써야 하는 볼펜은 놔두고 힘이 거의 필요 없는 매직펜으로 써봤더니 제법 옳은 선택이었다.

날짜는 신문으로 거듭 확인했으니까 안심이다.

하지만 흥에 겨워 이번 달 달력을 쭉쭉 떼어내는 바람에 이번 달의 남은 일정은 '유언장'을 일일이 뒤집어서 확인해야 한다. 매우 불편해지지만 그래도 9월만 참으면, 앞으로 며칠만 더 참으면 10월이 되어 또 새로운 달이 돌아오기도 하고, 참는 데는 이골이 났기 때문에 그냥 참자고 생각했다.

그리하여 견본을 봐가면서 시간을 꽤 많이 들여 마침내 썼다.

끝까지 써냈다.

손을 쭉 뻗어 멀리 비추어보니 글씨가 서툴고 전체적으로 글씨의 오른쪽이 아래로 처지는 경향이 있어 아무리 잘 봐줘도 어린아이의 낙서만도 못하지만, 지금의 내가 봤을 때는 아주 잘 썼다고 할 수 있다.

아아.

글공부를 해두길 정말 잘했다.

그때 열심히 노력한 것이 지금 확실히 열매를 맺었다.

옛날의 나 자신에게 도움을 받았다.

이제 현관에 있는 도장을 찍으면 된다. 견본에 의하면 도장을 찍어야만 형식이 다 갖추어진다고 한다.

통장을 넘겨봤다.

미치코가 태어난 직후 오라버니는 앞으로는 일한 품삯이 들어오면 전부 나한테 맡겨, 돈이 필요하면 그때그때 말해, 하고 무조건 따르게 했다.

빚도 재산이다, 하고 큰소리쳤으면서 나에게는, 너는 앞으로 미치코를 위해 저축해, 라면서 월말이 되면 어김없이 돈을 걷으러 왔다. 그리하여 나는 간장을 살 때도 크로켓을 살 때도 돈이 얼마, 얼마 필요합니다, 하고 적힌 종이를 겐이치로에게 들려 심부름 보냈다. 그게 귀찮아서 행상이 오면 뭐든지 다 외상으로 산 뒤, 월말 수금 때 그

달의 외상값만큼 한꺼번에 받았다.

머지않아 오라버니는 행상 할멈한테 사면 다른 데보다 비싸니까 내가 사다줄게, 하고 사소한 것까지 따지기 시작하더니 쌀이며 된장, 간장, 화장지 같은 것은 떨어질 무렵이 되면 오라버니나 히로세 언니가 직접 가져왔다.

통장 날짜는 미치코가 태어난 달의 다음 달부터 시작해서 통장에 다달이 천 엔이나 천오백 엔, 이천 엔이 입금되고 가끔 이자로 사 엔이나 십칠 엔, 삼십삼 엔이 붙었다. 그리고 월말도 아닌데 입금이 될 때도 있었는데 금액이 백 엔, 오백 엔, 일만 엔 등 제각각이라 날짜를 잘 살펴보니 겐이치로와 나와 미치코의 생일날로, 겐이치로와 내 생일에는 백 엔이나 오백 엔이지만 미치코의 한 살 생일에는 일만 엔, 두 살 생일에는 이만 엔이 입금되었고 미치코의 생일은 그것이 끝이었다.

그리고 미치코가 죽기 한 달 전의 월말에는 이천오백 엔이 입금되었는데 아마 재봉 일 품삯일 것이다. 하지만 그 금액이 백 엔 단위로 딱 떨어질 리가 없으므로 필시 오라버니나 히로세 언니가 매월 돈을 더 얹어서 백 엔 단위로 맞춰준 것이라 생각한다.

그리고.

통장은 거기서 끝나 있다.

어째서인지 출금된 기록은 한 번도 없었다.

어쩌면 행상에 지불한 돈도 오라버니가 내주었을지도 모른다.

이번에 주간보호센터에 가면 히로세 할머니에게 물어봐야겠다.

그렇게 생각했다. 생각해도 틀림없이 잊어버릴 것이다.

통장 잔액은 십만 구백이십이 엔이다.

나는 요즘 장보기도 남의 손에 맡기기 때문에 물가가 얼마나 올랐는지 알지 못한다. 그렇지만 계속 은행에 맡겨 놓은 상태이고 통장도 쭈글쭈글해졌으니 그 주름의 세월만큼 이자도 붙었을 테고, 물가가 오른 만큼 이자도 올랐을 테니 이 정도면 밋짱들이 다 같이 나누어도 목돈을 조금씩 챙길 수 있지 않을까, 그러면 저마다 나름대로 숨통이 트이지 않을까 하고 생각했다.

내가 통장을 가지고 있다 한들 인출하러 갈 수도 없고 밋짱 중 누군가가 나를 도와 인출하러 간다고 해도 그 돈으로 기껏해야 시베리야를 사거나 통조림 몇 개 사는 게 전부일 것이다. 그렇다고 그만한 액수만 따로 챙겨두기도 귀찮으니까, 그냥 처음부터 몽땅 밋짱들에게 주는 편이 번거롭지도 않고 마음도 후련하다.

그러나 유언장이 없으면 며느리가 멋대로 사용할 테니 어떻게 해서든 유언장만은 쓰고 싶었다. 끝까지 써내고 싶었다.

그래서 노력해보기로 한 것이다.

그런데 솔직히 쓸 수 있을지 없을지 반신반의하며 일단 도전해본 것이었다.

아아아.

다 써내다니 다행이다.

천만다행이다.

좋아.

기합을 넣고 뒤로 돌아 현관으로 향했다. 원래는 손잡이를 붙잡고 일어서야 하지만, 그러면 기운도 빠지고 귀찮아서 게으름을 피워 바닥을 기어갔다. 오늘 하루쯤 게으르게 기어가도 하늘은 틀림없이 용서해줄 것이다.

문을 열고 얕은 턱을 내려간다.

도장은 신발장 위 나무 상자에 들어 있고, 회람판이 돌아올 때마다 옆집 사람이 알아서 도장을 찍고 다음 집으로 넘기고 있다.

나무 상자는 있었다.

손을 위로 뻗어 나무 상자를 더듬어 뚜껑을 열었다.

어찌된 일인지 인주는 있는데 도장이 없다.

어디 보자.

하고 생각한다. 옆집 시바사키 부인은 성격이 급해서, 제꺼덕 와서 일단 큰 소리로 뭐라고 말한 뒤 도장을 찍고 제꺼덕 나간다.

시바사키 부인은 급한 성격에 더해 덜렁대기도 하니까 도장을 도로 상자에 넣지 않고 그 근처에 대충 던져놓고 갔을 것이다.

신발장 위를 보려면 결국에는 일어서야 하는 건가.

벽 손잡이를 잡았다.

아아, 역시. 오늘은 다리에 힘이 들어가지 않는다.

영차. 기합을 넣어도 안 된다.

어, 기, 영차. 이래도 안 된다.

마지막이다 생각하고 비장의 기합으로 해본다.

엄마아.

드디어 일어섰다.

아무도 없어서 참으로 다행이다.

만약 누군가 들었다면 얼마나 창피했을까.

좌우지간 일어서서 다행이다.

신발장 위를 보니 예상대로 도장은 저쪽 끝에 있었다. 흰 도장. 손을 뻗는다. 하지만 아슬아슬하게 손이 닿지 않는다. 정말 '아슬아슬'하게 닿지 않아 조금만 더 뻗으면 되니까, 손잡이에서 왼손을 떼고 도장 쪽으로 힘껏 오른손을 뻗고, 계속 뻗으면서, 그리고 보니 복주머니에 통장과 함께 통장용 도장이 들어 있었지, 하고 떠올린다. 그러나 이미 늦었다.

정신을 차리자 나뭇결이 보였다.

익숙한 천장의 구불구불한 나뭇결과는 달리 시원시원하게 쭉 뻗은 나뭇결이 바로 코앞에 있었다.

가만, 여기가 어디지?

움직이려 해도 여기저기 온몸이 아파서 도저히 움직일 수가 없기에 눈알만 굴려 둘러보니 휠체어가 접혀 있고 신발장이 있는 것으로 보아,

옳지, 여기는 현관이야.

하고 알게 되었다.

안다고 해서 변하는 것은 없었다. 다시 힘을 쥐어짜도 온몸이 말을 듣지 않았다.

그나마 눈알은 움직인다.

눈알을 이리저리 굴려서 본다.

젖빛유리 너머로 보이는 앞마당이 어둡다.

밤은 고맙다.

밤은 정말 고맙다.

하지만.

지금만큼은 고맙지 않았다.

아아.

하고 생각한다.

내가 이런 데서 도대체 뭘 하는 걸까.

그것도 밤에.

밤에는 할 일이라고 해봐야 변소에 가서 기저귀를 착용하는 것이 전부다. 오줌이 새지 않도록 기저귀 가운데에 패드를 포개어 착용한 뒤 침대로 가서 자기만 하면 된다. 늘 그렇게 해왔는데, 하루도 빠짐없이 해서 몸에 뱄는데, 오늘은 어떻게 된 일인지 현관 바닥에 벌렁 자빠져서 몸을 움직이려 하면 여기저기가 아프다.

아픔에는 원래 이골이 났을 터인데, 계모한테 하도 장작으로 맞아 단련이 되었을 터인데, 아파서 움직일 수 없을 만큼 아프다는 것은 도대체 어찌된 일일까.

…….

어쩌면. 하고 생각한다.

…….

어쩌면 하늘의 그거일지도 모른다.

예의 그거.

어쩌면 나는 이제 와서 분수에 맞지 않게 착한 일을 하려다가, 무슨 착한 일이었는지는 잊어버렸지만, 뭐였더라? 예를 들어 사람들이 모두 잠든 사이에 온 동네의 하수구를 청소해야지, 라든가 혹은 세상을 바로잡아야지, 라든가 그런 엉뚱한 생각을 한 것이다. 죽을 때 죽더라도 착한 일이나 하고 죽자, 그런 엉뚱한 생각을 하고 들떠서 그 생각을 실천에 옮기려다, 할 수 있을 리가 없는 일을 하려다가, 잘은 몰라도 들떴을 때의 여운이 남아 있는 것으로 봐서 그런 생각이 드는데, 결국에는 어설픈 생각이었던 것이다.

그래서,

괜히 설친 탓에 이토록 아픈 것이다.

그렇다면 앞뒤가 맞는다.

아아.

그런데 지금은 밤이니까 아침이 되면 어느 밋짱이 올지는 몰라도 그 밋짱이 내가 집 안에 쓰러져 있을까 봐 조마조마해하며 여벌 열쇠로 현관문을 열어야 한다.

그 밋짱은 필시 놀라 자빠질 것이다.

불쌍하게도.

아아. 차라리 이럴 때 가족 돌봄의 날이라 며느리가 오는 게 그나마 나을 것 같다. 오자마자 나부터 다그치고 때릴지도 모르지만, 그냥 손바닥으로 때리는 것인 데다 며느리는 얼굴이며 몸이며 손바닥이 죄다 부어 있어서 솔직히 별로 아프지도 않다.

이건 비밀인데, 며느리에게서는 일 년 내내 술 냄새가 난다.

알코올중독인가 싶을 정도로 술 냄새가 난다. 여자의 알코올중독은 솔직히 보기 흉하다. 그래도…… 그런 며느리라도 남이 모르는 무슨 사정이 있을지도 모른다. 말을 안 할 뿐. 내게 말해봐야 소용없다고 생각하고.

며느리도 나름 혼자 뭔가를 짊어지고 있을지도 모른다.

며느리는 툴툴거리면서도 구급차를 부르고 밋짱에게 연락할 것이다. 며느리의 연락을 받은 밋짱은 여벌 열쇠를 사용할 일도 없고 마음의 준비도 단단히 하고 올 테니 수명이 줄어들 만한 일을 겪지 않아도 된다.

아아. 이번만큼은 달력에 가족 돌봄으로 표시되어 있기를…….

두 손을 모아 빈다. 신이나 부처, 하늘 그런 것을 향해 빈다. 정신을 집중해 소원이 이루어지기를 간절히 빈다.

간절히 빌고 또 절절히 빌고 있는 사이 무슨 소원을 빌고 있었는지 잊어버렸다.

뭐였더라, 하고 생각하고 손바닥을 폈더니,

꽃이, 피어 있었다.

아.

……이게…… 이웃집 할머니가 봤던 꽃이구나.

그때는 보이지 않았는데, 이제야 비로소 보인다.

아아. 하고 생각한다.

꽃은 곱고, 오늘은 내가 죽는 날이구나.

아아. 이런 건가. 원래 이렇게 싱거운 건가.

현관도 평소와 다를 바 없고 비도 오지 않는 듯하고 가끔 승용차가 집 앞길을 달려가는 소리가 나지만 그 외에는 조용하고, 오늘이 몇 년 몇 월 며칠인지는 몰라도 전혀 특별할 것 없는 보통날이다.

손바닥을 찬찬히 들여다본다.

역시 꽃이 피어 있다.

앞쪽에는 민들레와 털별꽃아재비, 부추꽃이 피어 있고, 멀리 뒤쪽에는 골든옐로, 차이나핑크, 패션레드를 띤 화려한 색상의 꽃으로 가득하지만 전체적으로 윤곽이 흐릿해서 꽃 종류까지는 모르겠다.

옳지.

하고 생각한다.

이 꽃을 누군가에게 보여주고 싶다.

하고 생각한다.

밋짱들 중 누구든 좋으니 보여주면 좋을 텐데.

아아.

생각은 그렇게 해도 어린 시절의 내게 이웃집 할머니 손바닥에 핀 꽃이 보이지 않았듯이, 설령 밋짱들 중 누군가가 여기에 있다 해도, 여기에 있어준다 해도 만에 하나, 만만에 하나 겐이치로가 달려와준다 해도 이 꽃을 보여주지는 못한다.

아쉽다.

딱 하나, 그것이 못내 아쉽다.

눈을 감는다.

눈을 뜬다.

역시.

죽는 것은 이미 결정되었으니 최대한 눈을 오랫동안 뜨고 있는 편이 득일지도 모른다. 고개를 움직이면 아프니까 눈만 두리번거리며 주위를 살펴본다. 이승에서 보는 마지막 풍경인 만큼 탐욕스럽게 두리번두리번 살펴본다. 이런 상황에서도 뭐 재미있는 거 없나 싶어 두리번두리번 살펴본다.

그러다.

발견했다.

현관 문턱의 뒷면에.

평소에는 이 부분을 들여다볼 기회가 없어서 전혀 알아차리지 못했지만, 방금 발견했다.

손자국을.

쪼그만 손자국을.

현관 문턱을 새로 만들었을 당시 겐이치로는 이미 제법

큰 상태였기 때문에 이것은, 이렇게 쪼그만 손자국은 미치코의 손자국이 틀림없다.

아아, 그나저나 이런 일이 없었다면 현관 문턱의 뒷면을 보는 일도 없었을 것이다.

절절히 느낀다.

나쁜 일 뒤에는 반드시 좋은 일이 따른다.

같은 양만큼 반드시.

쪼그만 손자국에 내 손을 가만히 포개어본다.

밋짱.

작은 소리로 불러본다.

기억이 떠오른다.

무조건 기운내서 아파도 참고 기어가서, 쌀을 있는 대로 모아 씻어 안치고 밥이 다 되면 원통 모양의 주먹밥을 잔뜩 만들어서 된장을 바르는 것이다. 오이나 고구마 말랭이도 있으면 거기에도 된장을 바르고, 있는 것은 전부 닥치는 대로 된장을 바른 다음 신문지에 싼 뒤 그걸 다시 보자기에 싸서 삼도천이 거칠어져도 속에 든 것이 떨어지지 않도록 옭매듭으로 묶고 등에 단단히 동여매야겠다.

하는 김에. 불단의 오라버니 사진 곁에 올린, 오라버니가 좋아했던 상표의 양절연초(兩絶煙草)도 보따리 속에 넣어야겠다. 눅눅해지긴 하겠지만 봐달라고 하면 된다.

아아, 그런데 몸을 옴짝하려 하기만 해도 역시 아프다.

손을 본다.

꽃은 여전히 예쁘고 활짝 핀 꽃들로 가득해지고 있다. 골든옐로의 백일초와 차이나핑크의 패랭이꽃, 패션레드의 비로드 같은 맨드라미가 앞쪽까지 와자지껄하게 퐁 퐁 퐁 춤추며 피어난다.

경사스러운 것 같기도 하고, 아닌 것 같기도 하다.

죽는 것이니까 원래는 경사스럽지 않겠지만, 왠지 풍경만 보면 참으로 경사스럽다.

혼자 흥이 나기 시작했다.

이 세상에 미련으은 어없지이마아아안.

엉터리 노래를 부른다.

술은 한 방울도 마시지 않았는데 취했을 때처럼 기분이 알딸딸하여 좋다.

이건 비밀인데.

남편이 도망간 뒤 부엌에 숨어서 마신 술은 맛있었다.

남편은 지금도 잘 지낼까?

엉?

손바닥 풍경 속 저 멀리 뭔가가 보였다.

집중해서 본다.

꽃으로 가득한 지평선 너머로, 조금 전까지만 해도 없었던 작은 점이 보인다.

작은 점은 느리지만 조금씩, 이쪽으로 다가오고 있는 것이 분명했다.

어느새 작은 점이 둥근 점이 되고 더 커지더니 자꾸만 더 커졌다. 더, 더 엄청나게 커지더니,

마침내 리어카가 되었다.

저 리어카는 본 적이 있었다.

완성된 속옷 상자를 쌓아서 사장에게 가져갈 때 썼던 리어카다. 그 증거로 짐칸 앞쪽에 미치코의 딸랑이가 묶여 있다.

그 무렵.

겐이치로의 애 보기가 영 미덥지 못해 미치코를 업고 길

을 나섰고, 언덕 중간의 좁은 공터에서 미치코를 내려놓고 딸랑이를 손에 쥐여주면서 한숨을 돌렸다.

가슴속이 그리움으로 가득 차올랐다.

리어카가 점점 다가온다.

리어카가 어떻게 움직여서 오고 있는가 하면 핸들 좌우에 몸줄을 묶은 다이짱과 찬스 둘이서 끌고 있는 것이다.

다이짱과 찬스는 그 어느 때보다 진지한 얼굴이다.

진지한 얼굴로 매우 진지하게 끌고 있다.

그래서 알았다.

사람들이 말하는 '마중'이라는 것이 이건가.

하고 알게 된 것이다.

사람들이 하도 호들갑스럽게 '마중' 타령을 하기에 가구야 공주*가 달나라로 돌아갈 때처럼 성대하게 모시러 오나 싶었지만, 뭐 대단한 것처럼 부풀려지는 게 드문 일도 아니고 실제로는 그보다 다소 규모가 작아질지도 모른다고 어느 정도 각오하고 있었지만, 설마 이럴 줄은, 심지어 리

---

* 일본에서 가장 오래된 설화 '다케토리 이야기'의 주인공으로 대나무 속에서 태어났다. 훗날 가구야 공주는 귀공자들의 청혼을 거절하고 달나라로 돌아간다.

어카는 생각도 못 했기 때문에, 이건가, 하고 알게 된 순간 맥이 빠졌다.

그래도 기특하게도, 그런 내 기분이야 어떻든 간에 리어카는 꾸준히 이쪽을 향해 오고 있었다.

그런데. 잘 살펴보니 찬스의 몸집이 다이짱보다 훨씬 작은 탓에 리어카가 찬스 쪽으로 치우치면서 달리는 방향까지 점점 틀어졌다.

저대로 가다가는 여기에 도달하지 못하고 엉뚱한 방향으로 가버리는 게 아닐까 싶었다. 그러고 보니 재봉틀의 윗실과 밑실도 어느 한쪽은 팽팽하고 다른 쪽은 느슨하면 주름이 잡히는데, 하는 생각이 들었다.

내 불안을 감지했는지 다이짱이 일단 멈춰 서서 고개를 기울인다. 찬스가 따라잡고 앞지르자 일단 반대쪽으로 방향을 틀고 나서 서로 얼굴을 마주 보고는 좋았어, 하고 정면을 보고 다가온다.

성큼성큼, 성큼성큼 다가온다.

그 표정이 어찌나 진지한지 퍽 우스꽝스럽게 느껴졌다.

미안하지만 너무나 우스꽝스럽다.

문득 생각한다.

삼도천에는 어떻게 가는 거지?

나루터에서 갈아타는 건가.

아니면 리어카에 날 태운 채 개가 헤엄쳐 건너려나.

나룻삯이 있어야 하나.

줄줄이 의문이 솟는다.

그런데…….

뭐, 됐어.

아무렴 어때.

엄마.

하고 부른다.

불렀건만, 불린 듯한 기분이 든다.

아마.

다이짱과 찬스를 '마중' 보낸 사람은 오라버니가 틀림없다. 오라버니가 고심해서 다이짱과 찬스를 리어카에 묶어 마중 보낸 것이다.

그리고.

삼도천의 건너편 물가에서 오라버니는 기다리고 있다.

쪼그만 아이를 목말 태우고.

신문 배달 오토바이가 코앞에서 멈춘다.

부르면 들릴지도 모른다.

하지만…….

뭐, 됐어.

문틈으로 바람이 들어온다.

그래서 알았다.

지금은, 가을이다.

엉켜버린 기억을 헤집어 들려주는
기구하고 아름다운 생의 여정

가케이 할머니는 여느 때처럼 요양 보호사인 밋짱의 도움으로 병원에서 진료를 받고 돌아가는 길에 밋짱으로부터 "이제껏 살아온 날들을 돌아봤을 때 행복한 인생이었다고 생각하세요?" 하는 질문을 받고 그때부터 자신의 인생이 어땠는지 돌아본다.

다이짱의 젖을 먹으며 자란 젖먹이 시절, 계모에게 매일같이 장작으로 두드려 맞아 밤마다 내일은 제발 눈뜨지 않게 해주세요, 하고 기도했던 어린 시절, 오라버니가 강제로 데려온 남자와의 혼인, 아들이 태어난 직후 증발한 남편, 가족의 연이은 죽음, 악덕 사장 밑에서 제대로 된

임금을 받지 못하고 일한 세월, 기저귀를 차고 아기처럼 어기적어기적 걷는 것이 고작인 현재, 아침이 오면 고마운 것 같기도 아닌 것 같기도 한 요즘.

그런데 잘 생각해보면 나쁜 일만 있었던 것은 아니다. 어렸을 때는 집안일에 쫓기는 와중에도 혼자 글을 깨쳤고, 처진 눈꼬리와 웃으면 생기는 보조개와 덧니가 귀여운 아들과 무슨 음식이든 된장만 발라주면 가리지 않고 잘 먹는 딸이 곁에 있었다. 그리고 지금은 자신을 위해 의사와 맞서 싸워주는 요양 보호사 밋짱을 비롯해 싫은 내색 하나 없이 자신을 진심으로 도와주는 수많은 밋짱들이 곁에 있다. 또 얼마 전에는 오라버니와 히로세 할머니가 과거 어떤 희생을 치렀는지도 새로이 알게 되었다.

고달프고 힘겨웠지만 그 시간들로 인해 얻은 것도 있었다. 누군가 다시 행복한 인생이었느냐고 물으면 이제는 자신 있게 행복했다고 말할 수 있다. 그리하여 마중 나온 다이짱과 찬스가 끄는 리를 타고 그리운 얼굴들을 만나러 가기 위해 가케이 할머니는 가만히 손바닥을 들여다본다.

《재봉틀과 금붕어》는 2021년 제45회 스바루문학상 수상작으로, 작가 나가이 미미는 평일에는 케어매니저로 일하고 주말에 시간을 내서 이 소설을 썼다고 한다. 케어매니저는 노인을 위한 요양 서비스를 계획 및 관리하는 전문가로, 작가는 케어매니저가 되기 전에는 요양 보호사로 일하며 몸이 불편하거나 치매에 걸린 노인을 현장에서 직접 돌보는 일을 했다. 집에 방문하여 그들과 일대일로 함께하다 보면 마음에 절실히 와닿는 말을 듣고는 했는데, 그런 다시없을 순간을 거듭 겪으면서 아무리 치매에 걸렸다 해도, 몸이 불편하다 해도 그 사람의 존엄성은 바뀌지 않는다는 것을 깨달았다고 한다.

가케이 할머니는 작가가 요양 보호사로 일하며 만난 수많은 노인들의 모습을 참고해서 설정한 캐릭터다. 그 덕분에 가케이 할머니의 다채로운 마음속 생각과 주변 상황이 생생하게 전달되었다. 혼자 화장실에 가려면 정해진 순서대로 손과 팔꿈치, 배꼽, 엉덩이, 다리를 따로따로 움직여야 할 정도로 몸이 불편하지만, 마음속은 누구보다 풍요롭고 다채롭다. 하나로 뭉뚱그려진 밋짱들의 개성을 잘 파악하고 있고, 같은 처지의 요네야마 영감을 배려하는 가케이 할머니. 심지어 만날 때마다 자신을 구박하고 때리는 며느리의 좋은 점마저 찾아내 기어코 인정하고야 만다. 치매에 걸렸다고 해서 머릿속이 늘 안개로 가득한 것은 아니라는 희망과 존엄의 불씨를 가케이 할머니를 통해 찾을 수 있었다.

백육십 페이지 남짓한 짧은 분량의 소설을 읽으면서 처음에는 얼마나 많이 울었는지 모른다. 이제껏 살아오면서 보고 읽은 수많은 영화와 드라마, 소설 중에서 가장 많이, 그리고 얼굴을 종이처럼 구겨가며 심하게 울었던 작품이다. 아마 이 책을 읽을 독자들도 나와 그리 다르지 않을 거라 예상한다. 그리고 다시 이 책을 펼쳤을 때 어디를 펼치든 상관없이 눈물과 웃음으로 얼굴이 범벅이 될 것이다. 작가의 모든 것이 담긴 데뷔작 《재봉틀과 금붕어》를 번역할 수 있어 영광이었다.

2025년 여름

이정민

재봉틀과 금붕어 ミシンと金魚

초판 1쇄 발행 2025년 9월 10일

지은이 나가이 미미
옮긴이 이정민
인쇄·제작 데이타링크
지업사 다올페이퍼
펴낸이 조혜정 펴낸곳 활자공업소
출판사등록신고번호 제 353-2023-000017 호
주소 인천광역시 남동구 서창남로 45 3층 304-11
전화 070-8983-4362 팩스 0504-413-1962
이메일 glidingbooks@naver.com

ISBN 979-11-986801-4-3 (03830)